असतो मा सद्गमय

भूमिका

श्रीमती रेणु गुप्ता 'राजवंशी' अमेरिका में रहनेवाली ऐसी लेखिका हैं, जिन्होंने हिंदू धर्म, संस्कृति, साहित्य तथा सामाजिक कार्यों में भारी योगदान किया है। उनका जीवन इन्हीं कार्यों में व्यतीत होता है और इससे बड़ी विशेषता यह है कि वे अमेरिका में रहनेवाले भारतीयों के संगम और सम्मिलन के माध्यम से उन्हें भारत की मिट्टी से जोड़े रखने के उद्योग करती रहती हैं। रेणुजी से मेरी पहली भेंट मेरे निवास पर तब हुई जब वे विगत वर्ष दिल्ली आई थीं। तब उनसे उनके रचना-संसार तथा प्रवासी भारतीयों के जीवन पर विस्तार से बातचीत हुई थी और मैंने आग्रह किया था कि वे महात्मा गांधी के जीवन पर एक उपन्यास लिखें। उसके बाद उनसे आठवें विश्व हिंदी सम्मेलन के अवसर पर न्यूयॉर्क में भेंट हुई और तीन दिन बराबर उनका सान्निध्य मिलता रहा, तभी उन्होंने बताया कि उनका उपन्यास 'असतो मा सद्‌गमय' प्रकाशित होने जा रहा है और मुझे उसके लिए कुछ शब्द लिखने हैं।

मेरी रुचि प्रेमचंद के बाद प्रवासी हिंदी साहित्य में सर्वाधिक है और मेरा प्रयास रहता है कि उसे हिंदी की मुख्य धारा का अंग बनाया जाए। सूरीनाम में आयोजित सातवें विश्व हिंदी सम्मेलन के अवसर पर मैंने 'विश्व हिंदी रचना' कृति का संपादन किया था, जिसे भारतीय सांस्कृतिक संबंध परिषद्, नई दिल्ली ने प्रकाशित किया तथा जिसका विमोचन सूरीनाम के राष्ट्रपति द्वारा किया था। आठवें विश्व हिंदी सम्मेलन के अवसर पर भोपाल

से प्रकाशित हिंदी पत्रिका 'साक्षात्कार' के 'प्रवासी हिंदी साहित्य विशेषांक' का भी संपादन किया, जिसे बहुत पसंद किया गया। मेरा दृढ़ मत है कि हिंदी के प्रवासी साहित्य की अभी तक जो उपेक्षा होती रही है, उसे बंद करके हमें इस साहित्य को जनता तक पहुँचाना चाहिए, उसे हिंदी की मुख्य धारा का अंग मानना चाहिए तथा इस साहित्य को भी पाठ्यक्रम का हिस्सा बनाया जाना चाहिए। हिंदी का यह प्रवासी साहित्य हमें नई संवेदना, नए परिवेश तथा नए-नए सरोकारों से अवगत कराता है तथा एक ऐसे संसार से परिचित कराता है जो भारत में रहनेवाला लेखक नहीं दे सकता। अत: हमें प्रवासी हिंदी साहित्य को उचित सम्मान देते हुए उसके समुचित मूल्यांकन का मार्ग खोलना चाहिए।

श्रीमती रेणुजी ने कहानी, कविता, लेख, उपन्यास आदि अनेक विधाओं में लिखा है और उनकी कई पुस्तकें प्रकाशित हो चुकी हैं। 'असतो मा सद्गमय' उनका नया उपन्यास है। यह उपन्यास प्रमुख रूप से भारत के पुलिस अधिकारियों के कदाचार और भ्रष्टाचार तथा अपनी शक्ति के दुरुपयोग के परिणाम भोगने की मार्मिक कहानी है। इसमें पुलिस अधिकारियों के दो रूप हैं—एक रणजीत सिंह चौधरी हैं, जो पुलिस उच्च पदाधिकारी हैं और सभी तरह की बुराइयाँ उनमें हैं। वे शक्तिशाली हैं, राजनेताओं और अपने बड़े अधिकारियों के प्रिय हैं, खूब रिश्वत लेते हैं और अपने प्रतिकूल पुलिस अधिकारियों को दबाकर रखते हैं तथा अवसर मिलने पर दंडित भी करवाते हैं। मुख्य कथा इसी पात्र की है। उसके पुत्र-पुत्री सुख-सुविधाओं में जीते हैं, शादी-ब्याह में लाखों खर्च होते हैं और बेटा मधुकर अमेरिका पढ़ने जाता है तो वहाँ के संघर्षपूर्ण जीवन में व्यवस्थित न होने पर आत्महत्या कर लेता है।

उपन्यास के अंत में चौधरी और उसकी पत्नी दोनों मर जाते हैं और कथावाचिका की दादी का यह वचन सत्य होता है कि जो जैसा कर्म करता है, वह वैसा ही फल पाता है। रणजीत सिंह चौधरी ने जैसे कर्म किए उसे वैसा ही फल मिला। पुलिस अधिकारी का दूसरा रूप है—सत्येंद्र शर्मा का, जो रिश्वत नहीं लेता, सीधा-सरल जीवन जीता है। शर्मा कई बार चौधरी

रणजीत सिंह से अपमानित, प्रताड़ित तथा दंडित होता है, परंतु अपना जीवन-दर्शन नहीं बदलता तथा वह चौधरी के कुटिल व्यवहार पर उससे कोई बदला भी नहीं लेता। यहाँ तक कि उसकी बेटी अमेरिका में रणजीत सिंह चौधरी के बेटे मधुकर की सहायता करती है और उसकी आत्महत्या पर अत्यंत दुःखी होती है।

'असतो मा सद्गमय' पुलिस जीवन पर लिखा गया यथार्थवादी उपन्यास है, जो भारतीय पुलिस के भ्रष्टाचारी तथा तानाशाही से पूर्ण चेहरे को उद्घाटित करता है। उपन्यास की कथा तथा अंत यथार्थपूर्ण हैं, परंतु लेखिका का संदेश यही है कि हमें सद्मार्ग पर चलना चाहिए। लेखिका का यह आदर्शवाद उपन्यास में छिपा है, लेकिन घटनाओं के परिणाम तथा वर्णनकर्ता की दृष्टि इस आदेश को हृदयंगम करने को प्रेरित करती है। लेखिका ने मधुकर के माध्यम से अमेरिका को भी कथा से जोड़कर अपने कौशल का परिचय दिया है। लेखिका की सफलता कथा-संयोजन तथा पात्रों के चरित्रांकन में है तथा उसकी वर्णनात्मकता में भी अनोखा कौशल है। यह कुछ आश्चर्य की बात है कि वर्षों से अमेरिका में रहनेवाली लेखिका ने भारतीय पुलिस के भ्रष्टाचार को इतनी बारीकी तथा प्रामाणिकता के साथ कैसे प्रस्तुत किया है? हमें लेखिका की प्रतिभा और संवेदनशीलता के घनत्व को स्वीकार करना होगा। मुझे विश्वास है कि पाठक इसे पढ़कर यह अवश्य सोचेगा कि सद्मार्ग पर चलना ही श्रेयस्कर है। इस कृति के लिए लेखिका को मेरी बधाई!

—कमल किशोर गोयनका

३० अक्तूबर, २००७

ए-९८, अशोक विहार, फेज प्रथम
दिल्ली-११००५२

अपनी बात

कल्पना पहले जनमी या यथार्थ पहले धरा पर आया? यह अंडा और मुरगीवाली पहेली जैसी ही जटिल है। यथार्थ की नींव कल्पना पर रखी जाती है तो प्रत्येक कल्पना कहीं-न-कहीं यथार्थ का रूप धारण करती है।

प्रस्तुत उपन्यास या कहूँ उपान्यासिका, की भूमिका यथार्थ की भूमि से निकली है। अपने विद्यार्थी-जीवन में इस कथा को मैंने निकट से देखा है। यह कथा तीस वर्ष पूर्व मेरे हृदय-स्थल में स्थापित हो गई थी तथा मानस पटल पर लिखी गई थी। पिछले तीस वर्षों से मेरे अंतर्मन में पल रही यह कथा उथल-पुथल मचाती रही, नित नवीन आकार लेती रही। अंतत: मेरी लेखनी ने तीस वर्ष पश्चात् इस कथा को 'असतो मा सद्गमय' के नाम से धारण किया है।

जीवन के सनातन पहलुओं से गुजरती यह कथा आधुनिक राजतांत्रिक एवं अफसरशाही तथा भारत में व्याप्त भ्रष्टाचार की कथा भी है तो हमारी पुरातन, परंतु नित नवीन आध्यात्मिक भारत की कथा भी है। इस कथा में भक्ति, ज्ञान, अहंकार, उच्चाकांक्षा, संतोष, भाग्य, पदलिप्सा, लोभ, कर्म, स्नेह और औदार्य सभी भाव परिलक्षित होते हैं। यह कथा जीवन की सभी कलाओं से परिचित कराती है। बुरे कर्मों का नतीजा बुरा ही होता है, यह चेतावनी भी देती है। हमारा व्यक्तिगत एवं सामाजिक पतन कितना ही हो जाए, परंतु उच्च जीवन-मूल्यों एवं सांस्कृतिक निधि ने हमें गिरने से बार-

बार बचाया है और गिरे हुओं को उठाया है।

जिस प्रकार नदी का पानी बहते-बहते मिलता भी है तो बिछुड़ता भी है, पुराने तट छोड़ता है तो नए तट पकड़ता भी है, उसी प्रकार हम संसार के प्राणी जीवन से जीवन, स्थान से स्थान और काल से काल तक की यात्राओं में मिलते-बिछुड़ते रहते हैं। यह बहुधा संभव हो सकता है कि 'असतो मा सद्गमय' के काल्पनिक पात्रों में आपको अपना या अपने परिचितों का चेहरा दिखाई दे। वास्तव में लेखक की सार्थकता तभी है जब उसके लेखन में व्यक्तिगत से सार्वभौमिक बनने की क्षमता हो। वह समस्त मानवजाति की आपबीती बन जाए।

उपन्यास लिखने का यह मेरा प्रथम प्रयास है। पात्रों के चयन, उनके चरित्र के मनोवैज्ञानिक विश्लेषण, शब्दावली, व्याकरण, भाषा-प्रवाह या कथानक के विकास में पाठकों को त्रुटियाँ मिल सकती हैं। मेरा विश्वास है कि पाठक मेरी त्रुटियों को क्षमा करेंगे तथा अपने मूल्यवान् सुझावों से मेरे लेखन को परिष्कृत करेंगे।

मैं अपने माता-पिता की भी कृतज्ञ हूँ, जिन्होंने उपन्यास के लिए अपने अनुभवजनित सुझाव दिए तथा अनेक घटनाओं और सरकारी तंत्र की बारीकियों से परिचित कराया।

मेरे पति, मित्र एवं सहयोगी अरुण ने सदैव मुझे प्रोत्साहित किया है। उन्होंने मेरी सफलता को सदैव अपनी सफलता माना है। डॉ. कमल किशोर गोयनका मेरे लेखन के पथ-प्रदर्शक रहे हैं। प्रवासी साहित्य को भारत में लाने का उनका प्रयास स्मरणीय रहेगा। आपने अपने बहुमूल्य समय में से समय निकालकर इस उपन्यास पर अपने आशीर्वाद-स्वरूप सुझाव दिए हैं।

पाठकों के सुझाव सादर आमंत्रित हैं।

—रेणु 'राजवंशी' गुप्ता

6070 EAGLET DR.
WEST CHESTER OH 45069
U.S.A.

असतो मा सद्‌गमय

"मेरे मालिक की दुकान पर,
सबका जीवन-खाता है।
जैसा जिसने कर्म किया,
वैसा ही फल पाता है॥"

जब भी दादीजी हमारे घर आती थीं, उनके साथ उनके लड्डू-गोपाल छोटी सी मूर्ति के रूप में अपने आसन पर विराजकर हमारे यहाँ पधारते। दादीजी अपने सोने के कमरे में तिपाई पर उन्हें स्थापित कर देतीं। वे रोज सुबह स्नान करने के बाद पूजा पर बैठती थीं। संध्या-वंदन करने के बाद यह भजन गाया करती थीं। जहाँ सात बजे पापा नहाने जाते, मम्मी चाय बनवातीं और वातावरण में दादीजी की स्वर-लहरी गूँजने लगती।

इस भजन को सुनकर पापा मुसकराकर कहते, "अम्मा पता नहीं किस दुनिया में रहती हैं। आज के जमाने में तो कुकर्मी लोग मजे मारते हैं और सत्कर्मी-सच्चे लोगों के साथ अन्याय-ही-अन्याय होता है।"

दादीजी कहतीं, "बेटा, यह बात कभी अन्यथा नहीं हो सकती है। कर्मों का फल तो इनसान भोगता ही है, चाहे आज भोगे या कल। उसे चाहे इस जन्म में कर्मों का फल मिले या अगले जन्म में। कर्मों का विधान तो अटल है।"

संस्कारवश पापा-मम्मी दादी से कोई तर्क नहीं करते थे। लेकिन उनके मन में दादी के इस कथन को लेकर संदेह बना रहता था।

□

पापा यानी सत्येंद्र शर्मा सन् १९५४ के आई.पी.एस. (भारतीय पुलिस सेवा) बैच के थे। रहनेवाले तो राजस्थान के चुरू जिले के थे, परंतु उन्हें उ.प्र. कैडर मिला था। अतः हमारा परिवार राजस्थान, उत्तर प्रदेश दोनों प्रांतों में बँट गया था। दादाजी कथावाचक थे। चौमासे में एवं अन्य अवसरों पर भी भागवत-कथा सुनाया करते थे। सुननेवाले प्रायः यही टिप्पणी करते थे—

"भाईजी की वाणी में तो सरस्वती विराजती हैं। कैसी भक्त की-सी करुणा एवं संवेदना है उनमें!"

सत्येंद्र शर्मा ने चुरू के सरकारी स्कूल मोहनलाल पोद्दार हाई स्कूल से दसवीं पास किया। बोर्ड में जब सत्येंद्र की तीसरी पोजीशन आई तो पूरे चुरू नगर में धूम मच गई। आज तक चुरू से किसी भी छात्र का मैरिट में नाम नहीं आया था। पूरा परिवार, समाज एवं नगर गौरवान्वित हुआ था।

सत्येंद्र को स्कूल के वार्षिक समारोह में जिलाधीश (कलेक्टर) ने विशेष रूप से प्रमाण-पत्र दिया।

दादी बोलीं, "मेरा बेटा सत्तू सबको कलेक्टर बनकर दिखाएगा। तभी सपना पूरा होगा।" तो सत्येंद्र (सत्तू) ने जयपुर के महाराजा कॉलेज में बी.एस-सी. में प्रवेश लिया। पहली बार सत्येंद्र ने जयपुर नगर के दर्शन किए। दादाजी थोड़े चिंतित घर लौटे। इतना बड़ा शहर कहीं गाँव में पला-बढ़ा उनका बेटा अपनी पहचान खो बैठा तो... ?

दादी ने अपने बेटे को सामान के साथ एक कनस्तर में लड्डू, नमकीन, मठरी और बेसन का चूरमा बनाकर रख दिया।

सत्येंद्र सुबह की बस से एक कनस्तर तथा टीन का बक्सा, जिसमें चार जोड़ी कपड़े थे और किताबों का थैला लेकर रवाना हुआ। हाँ, इन सबके अतिरिक्त एक और वस्तु उसके पास थी, वह थी ब्राह्मण कुल की पहचान— छोटी सी चोटी। समय के साथ सत्येंद्र ने सब सामान बदल लिया, लेकिन बालों में छिपी हुई छोटी सी चोटी उनकी सहचरिणी बनी रही।

पापा हमें अपने कॉलेज का पहला दिन बहुत मजे से सुनाते हैं, कैसे

गाँव के सीधे-सादे लड़के को मूर्ख बनाया जाता रहा।

१० जुलाई, १९४० की उमस भरी शाम। जयपुर पहुँचते-पहुँचते शाम हो गई थी। स्टेशन से बड़ी मुश्किल से एक ताँगेवाले को राजी किया। ताँगेवाले ने मेन गेट पर ही ताँगा रोक दिया था।

वहाँ से सत्येंद्र कंधे पर कनस्तर रखकर हाथ में थैला और बक्सा लिये घिसटते-घिसटते हॉस्टल के मेन गेट पर। गरमी के दिन···धूल भरी सड़कों पर बारह घंटे का बस का सफर। शाम तक सत्येंद्र की हालत खस्ता हो गई। धूल बालों में भरी हुई, पैंट का पाजामा बन गया। अब वह छात्र कम, कुली अधिक लग रहा था।

गेट पर ही चौकीदार ने रोक लिया, "अरे-अरे, ठहरो! कहाँ जा रहे हो? किससे मिलना है?"

घबराहट में सत्येंद्र के मुँह से स्पष्ट आवाज भी नहीं निकली, "मैं···मैं···वो···"

चौकीदार ने समझा कि उन्हें यहाँ चपरासी की नौकरी मिली है।

"अरे, यह हॉस्टल है। भीतर कहाँ जा रहे हो? तुम कल सुबह आना। वार्डन साहब से मिलने पर ही अंदर जा सकते हो।"

"मैं यहाँ नौकरी के लिए नहीं आया हूँ। मुझे महाराजा कॉलेज में प्रवेश मिला है। देखो-देखो, स्कॉलरशिप (छात्रवृत्ति) भी मिली है।"

चौकीदार झेंप गया, परंतु तब तक बात हॉस्टल में सीनियर छात्रों तक पहुँच चुकी थी। फिर तो सत्येंद्र की कुली बनाकर ही रैगिंग हुई थी।

सनातन बोला, "पापा, क्या उस जमाने में सचमुच रैगिंग होती थी?"

"हाँ बेटा, सीनियर्स ने अपना-अपना सामान उठवाकर मेरे हाथ-पैर तोड़ डाले।"

जब सत्येंद्र शर्मा का भारतीय पुलिस सेवा में चयन हुआ तो पूरे चुरू जिले में धूम मच गई। एक कथावाचक गरीब ब्राह्मण का बेटा पुलिस अधिकारी!

पुलिस विभाग के कार्यकाल में सत्येंद्र शर्मा ने प्रशासन और राजनीति के अनेक दाँव-पेंच सीखे। परंतु शीर्ष पर शोभायमान, बालों के बीच छिपी

हुई शिखा उन्हें ऊर्ध्व-संस्कारों से जोड़े रही। ये संस्कार ही सत्येंद्र शर्मा के चरित्र में कमीनेपन, धोखाधड़ी और कुत्सित भावों को प्रवेश नहीं करने देते।

□

सत्येंद्र शर्मा, हमारे पापा मेरठ शहर में पुलिस अधीक्षक (एस.पी.) के पद पर नियुक्त थे। घर में ऐशो-आराम भरपूर था। हम बच्चों को ही नहीं, सभी नाते-रिश्तेदारों को भी पापा की उपलब्धियों पर नाज था। सब लोग मम्मी के भाग्य को सराहा करते थे, तो कुछ लोग ईर्ष्या भी करते रहे होंगे। छुट्टियों में ग्रीष्मावकाश हो या दीपावली का अवकाश, कभी बुआजी बच्चों सहित, कभी दादीजी, मौसी, मामा परिवार सहित, ताईजी, चाचाजी, नानाजी, नानीजी कोई-न-कोई आते रहते। अपने साथ लंबी सूची लेकर आते। हरिद्वार, ऋषिकेश, मसूरी आदि दर्शनीय स्थल देखने की इच्छा साथ लाते। उन्हें आधे-अधूरे पूरा किया जाता। हमारे सभी रिश्तेदार पापा-मम्मी के वैभवशाली जीवन में भागीदार बनते।

कभी-कभी पापा बोल उठते, "अरे अम्मा! तुम तो यों ही गौरव का अनुभव करती हो। पता है, हमारे विभाग में बड़े-बड़े धूमकेतु छिपे पड़े हैं, जिनकी धन-संपदा का न आर है, न पार।"

दादीजी 'संतोषं परम धनम्' का दर्शन सुनाते हुए कहतीं, "बेटा, भगवान् ने हमें जितना दिया है, वह हमारे लिए बहुत है। इस पर हमें संतोष करना चाहिए और ईश्वर का धन्यवाद करना चाहिए। और लोग क्या करते हैं, क्या सोचते हैं, इससे हमें क्या फर्क पड़ता है?"

परंतु फर्क पड़ता है, आज के युग में तो अमेरिका में क्या हो रहा है, उसका भी प्रभाव भारत में पड़ता है। जो कुछ ऑस्ट्रेलिया में हो रहा है, वह अफगानिस्तान को प्रभावित कर रहा है। यहाँ तो एक ही प्रदेश के एक ही विभाग की बात हो रही है। सब अधिकारी पानी के बुलबुलों की तरह परस्पर मिलते-बिछड़ते हैं। यह टकराहट ही एक-दूसरे की सफलता-असफलता का कारण बनती है। अधिकारी वर्ग सरकारी कोठी, कार-जीप, नौकर-चाकर, टेलीफोन आदि अनेक सुविधाओं के अतिरिक्त एक-दूसरे की कुदृष्टि, द्वेष, राजनीतिक मिली-भगत

तो कभी-कभी स्नेह और औदार्य के भी सहभागी बनते।

□

एक दिन ऑफिस से पापा का मम्मी के पास फोन आया कि डी.आई.जी. (अतिरिक्त महानिदेशक) श्री रणजीत सिंह चौधरी लखनऊ से परिवार सहित दिल्ली जा रहे हैं। रास्ते में एक दिन के लिए मेरठ में रुकेंगे। मेरठ में उनके छोटे भाई रणवीर सिंह चौधरी इन्कम टैक्स कमिश्नर हैं। डी.आई.जी. साहब ठहरेंगे तो अपने भाई के यहाँ, परंतु शाम को खाना सबका अपने घर पर ही होगा। मम्मी डी.आई.जी., आई.जी., डी.जी.पी. या सचिव आदि उच्चाधिकारियों के घर पर खाना खाने के महत्त्व को भलीभाँति समझती थीं। शनिवार को हमारे घर में मेरठ के सिविल लाइंस में स्थित पुलिस अधीक्षक के निवास पर उत्सव का-सा वातावरण था। घर के बाहर सब-इंस्पेक्टर, डी.एस.पी. एवं अन्य पुलिसकर्मी तैनात थे और डी.आई.जी. रणजीत सिंह चौधरी के स्वागत-सत्कार में व्यस्त थे।

मम्मी ने दादी एवं महाराजजी के साथ मिलकर अपनी पाककला को दाँव पर लगा दिया। पेय पदार्थों से लेकर मिष्टान्न तक सब भोज के लिए तैयार हुआ।

भोज का शुभारंभ टमाटर सूप से हुआ था। ट्रे में कटलेट, दाल के छोटे-छोटे समोसे, तले काजू, बादाम एवं नमकीन थी। मुख्य भोजन में मम्मी और दादीजी ने अपनी राजस्थानी पाककला का हुनर दिखाया था। उत्तर प्रदेश के अतिथि के लिए राजस्थान के व्यंजन विशिष्ट ही होते हैं। अत: बेसन के गट्टे की सब्जी, राजस्थानी दाल, साँगरी की सब्जी और शाही पनीर के साथ दहीबड़े, चटनी, पापड़, सलाद, दो-तीन प्रकार की रोटी आदि का प्रबंध था। मिठाई में रसमलाई के साथ-साथ जयपुर से आई सावन की विशेष मिठाई, यानी छेना का घेवर भी था।

पापा रणजीत सिंह चौधरी के व्यसनों से परिचित थे। रंजन भैया, हमारी मौसी के बेटे, जब भी अमेरिका से आते, पापा के लिए चिल्स टॉयल, ब्लैक लेबल व्हिस्की लाते। पापा तो पीने के अधिक शौकीन नहीं थे, परंतु विभाग की

बड़ी मछलियों को पिलाना ही पड़ता था। यही नहीं, मम्मी और दादीजी की निगाह बचाकर बेगम पुल के प्रसिद्ध अहमद की दुकान से कबाब और फिश-कटलेट भी मँगवाए गए। ड्राइवर ने कबाब और फिश-कटलेट सर्वेंट्स क्वार्टर में रखे और वहीं से गरम करके मेहमानों को परोसे गए।

रणजीत सिंह चौधरी उत्तर प्रदेश पुलिस विभाग के विशिष्ट कम, खतरनाक एवं धूर्त अधिकारी अधिक समझे जाते रहे हैं। उनके संपर्क-सूत्र दूर-दूर तक फैले हुए थे। राज्य से लेकर केंद्र तक उनके विश्वस्त बसते थे। देखने में वे चुपचाप रिजर्व प्रकृति के लगते थे, पर वास्तव में बहुत घुन्ना और ओछी प्रवृत्ति के माने जाते थे। उनके पिता कृषि विभाग में क्लर्क थे। बुलंदशहर जिले के एक गाँव के रहने वाले थे। रणजीत चौधरी और उनके अन्य तीन भाई पढ़ाई में मेधावी थे और परिणामस्वरूप ऊँचे-ऊँचे पदों पर आसीन थे। पारिवारिक पृष्ठभूमि गाँव की होने के कारण रणजीत सिंह चौधरी का विवाह कॉलेज में पढ़ते ही हो गया था। विवाह के समय रणजीत सिंह चौधरी बी.एस-सी. में पढ़ रहे थे और उनकी सत्रह वर्षीया पत्नी रत्नाजी ने दसवीं पास की थी।

रत्नाजी (श्रीमती चौधरी) मोटी और छोटी कद-काठी की महिला थीं। गौरवर्णा रत्नाजी अपने समय में सुंदर रही होंगी, परंतु स्थूलता ने उसे ढक-सा दिया था। कीमती साड़ी पहने और आवश्यकता से थोड़े से अधिक जेवर पहने रत्नाजी हलका सा सिर ढके रहतीं। उनके चेहरे पर पति की सफलता एवं ऐश्वर्य का दर्प दमकता था। चौधरी साहब को रत्नाजी 'साहब' कहकर संबोधित करतीं। अपने पति के समक्ष रत्नाजी के मन में कृतज्ञता का भाव रहता था। चौधरी साहब अपने से कम पढ़ी-लिखी और गाँव की पत्नी को अपने साथ हर जगह ले जाते थे, उनके लिए यही बहुत था। दूसरी ओर रणजीत सिंह चौधरी लंबी-छरहरी काया के धनी थे। उनकी आँखें थोड़ी अंदर की ओर धँसी हुई थीं, परंतु उनमें बाघ की आँखों-सी चमक थी और शिकार को खोज निकालने की दक्षता। घनी मूँछें और सलीके से सँवारी केशावली। मजाल क्या कि सिर पर एक बाल भी अपने स्थान से हिल सके।

चौधरी साहब महँगे और डिजाइनर कपड़ों का चुनाव करते थे। वे ब्लाजेज या कोट अवश्य पहनते थे। मुँह के कोने में मुस्तैदी से तैनात सिगार··· । कुल मिलाकर रणजीत सिंह चौधरी में भयावह करनेवाला आकर्षण था।

□

शनिवार की शाम को हमारे यहाँ उत्सव का-सा वातावरण था। चौधरी साहब अपने परिवार सहित पत्नी, दो बेटियों एवं बेटे के साथ और छोटे भाई रणवीर सिंह चौधरी के परिवार सहित हमारे यहाँ पहुँचे। उनकी बड़ी बेटी मैत्रेयी मेरी ही क्लास में थी, उम्र में अवश्य दो साल बड़ी थी। बच्चे स्वभाव से सरल और मस्त थे। हम सब आपस में सरलता से घुल-मिल गए। हम उनसे लखनऊ के लॉरेटा स्कूल की बातें सुनकर प्रभावित होते रहे। हम मेरठ के हिंदी मीडियम स्कूल में पढ़ रहे थे। बातों-बातों में हमारा यह पूरा प्रयास था कि हमारा हिंदी माध्यम स्कूल उनके अंग्रेजी माध्यम स्कूल से पीछे न रह जाए। हिंदी माध्यम की मर्यादा को मैं खोना नहीं चाहती थी। उनके परिवार को देखकर लग रहा था कि बच्चे अपने-अपने संसार में जी रहे हैं। रत्नाजी अपने संसार में और रणजीत सिंह चौधरी अपने संसार में मस्त हैं। पति-पत्नी-बच्चे सब हैं एक ही परिवार के, परंतु उनके व्यक्तित्व में कोई साम्य नहीं है। हाँ, इन सबको चलानेवाले इनके पिता रणजीत सिंह चौधरी ही हैं।

चौधरी साहब किसी विशेष प्रयोजन से दिल्ली जा रहे थे। उनकी उड़ानें सदैव ऊँची ही होती हैं। केंद्र में बहुत संपर्क-सूत्र साध रखे थे। यदि लखनऊ की राज्य सरकार काम न कर सके तो केंद्र (दिल्ली) के संपर्क-सूत्र काम आते थे। पापा ठहरे रणजीत सिंह चौधरी के जूनियर (कनिष्ठ), सीधे-सीधे कैसे पूछ लेते। उन्होंने एक-दो बार टटोलने का प्रयास भी किया।

"सर, किसी विशेष काम से दिल्ली जा रहे हैं?"

उत्तर में चौधरी साहब गंभीर मुद्रा में मुसकराकर रह गए। लेकिन विषय गंभीर है, इसकी पुष्टि उनके छोटे भाई रणवीर सिंह चौधरी के एक कृत्य ने कर दी।

□

बाहर ड्रिंक का दौर चल रहा था। पापा ने एक-दो स्थानीय वरिष्ठ अधिकारियों को बुला रखा था। घर के नौकर-चाकरों के साथ-साथ एक सब-इंस्पेक्टर भी ड्रिंक सर्व करने के लिए थे। भुने काजू, खस्ता पापड़, कटलेट, कबाब, समोसे, नमकीन आदि बार-बार माननीय अतिथियों के सामने से गुजर रहे थे और 'हमारा सेवन करो', यही गुहार लगा रहे थे। रंजन भैया की लाई हुई इंपोर्टेड ह्विस्की रणजीत सिंह चौधरी, इंजीनियर गुप्ताजी और जिलाधीश मुखर्जी आदि सभी चुस्कियाँ लेकर पी रहे थे। पापा ने सब-इंस्पेक्टर देवेंद्र को विशेष निर्देश दे रखे थे कि वह चौधरी साहब के निकट ही खड़ा रहे। उनका गिलास खाली न रहने पाए।

चौधरी साहब भी पुराने पियक्कड़ थे, लगातार पिए जा रहे थे। पीने की क्षमता भी उनमें अद्भुत थी। सबकी सुनते, चापलूसी पर मुसकराते और बहुधा चुप ही रहते। ह्विस्की के गिलास के पीछे हर मुखौटा अपना राज छुपाने और दूसरों का राज जानने को लालायित था। सब-इंस्पेक्टर देवेंद्र अपनी पोस्टिंग बागपत करवाना चाहता था। अतः वह बहुत सतर्कता और कौशल से रणजीत सिंह चौधरी का पैमाना भर रहा था। वह पूरी कोशिश में था कि रणजीत को उसका चेहरा याद रहे।

मुखर्जी साहब थोड़े शायराना अंदाज के थे। कभी-कभी शेर या कविता सुनाकर वातावरण को हलका करने का प्रयास करते। ह्विस्की के पैग के साथ-साथ बाबू मोशाय का सरूर बढ़ता जा रहा था और उनके भीतर बैठा शायर बोल उठा—

"जौब से वो हमौरी करीब हुई,
सौरी दुनिया हमौरी रकीब हुई।
क्यों करेंगे वो जौन्नत लेकर,
जो मौरने के बाद नसीब हुई।"

दाद में 'वाह-वाह' की जगह 'हो-हो' सुनाई देने लगी। उस शाम भी कभी-कभी ठहाके लगे, परंतु हँसी के पीछे खोखलापन और तल्खी भी वातावरण में

थी। जब से धन, चापलूसी और पदलिप्सा विभाग पर हावी हुई है। पारस्परिक स्नेह, औदार्य और विश्वास समाप्त-सा हो चला है। पता नहीं कौन किस गुट का है, कौन किस मंत्री या आई.जी. के खेमे का है और कौन नहीं··· ? क्या पता आपकी छोटी सी बात का कोई क्या अर्थ निकाल ले और अर्थ का अनर्थ हो जाए। वह जमाना अब नहीं रहा कि जब लोग अपना हाल सुनाने और दूसरों का सुख-दुःख बाँटने के लिए मिला करते थे, अब तो सब एक-दूसरे का राज जानने के लिए मिलते हैं।

□

इधर रत्नाजी थोड़ा आराम से बैठने के इरादे से मम्मी से बोलीं, ''सुनीताजी, चलिए अंदर चलकर बैठते हैं। यहाँ साहब लोग पीने में व्यस्त हैं।''

थोड़ी देर में रणवीर सिंह चौधरी ज्योतिषी मिश्राजी को लेकर रत्नाजी के पास पहुँचे। मिश्राजी मेरठ के अधिकारी वर्ग के मुँह-लगे ज्योतिषी थे। उन्होंने अनेक अधिकारियों की पदोन्नति और स्थानांतरण की घोषणा की थी, जो कि अनेक बार सटीक निकली। आज रणजीत सिंह चौधरी के दिल्ली जाने के अहम मिशन पर मिश्राजी की स्वीकृति की मुहर लगनी थी।

रणवीर सिंह चौधरी ने मिश्राजी का रत्नाजी से परिचय करवाते हुए कहा, ''भाभीजी, मिश्राजी यहाँ के प्रसिद्ध ज्योतिषी हैं। आपका हाथ देखना चाहते हैं। जरा अपना हाथ तो आगे बढ़ाइए।''

रत्नाजी ने सकुचाते हुए अपना हाथ आगे बढ़ाया। सभी महिलाओं की दृष्टि रत्नाजी की हथेली की रेखाओं पर टिकी थी। मिश्राजी ने कुछ मिनट तक हथेली का निरीक्षण किया, झोले से पोथी निकालकर जोड़-हिसाब लगाया और बोल पड़े, '' अगले दस वर्ष तक अखंड राजयोग है चौधरी साहब के भाग्य में।''

रणवीर सिंह चौधरी ने तुरंत सौ-सौ के पाँच नोट निकालकर मिश्राजी के हाथ पर रखे। वहाँ बैठी सभी महिलाएँ भौचक्की रह गईं। सन् १९६९-७० में पाँच सौ पर रुपए महीने भर की पगार होती थी। इस प्रकार रणजीत सिंह चौधरी अनेक प्रश्नों-संशयों और अटकलों की आँधी उड़ाकर चले।

एक सप्ताह के भीतर ही रणजीत सिंह चौधरी की दिल्ली-यात्रा का

रहस्योद्घाटन हो गया। आई.जी. (महानिरीक्षक) वीरेंद्र बहादुर माथुर को तीन माह की मेडिकल लीव पर जाना पड़ा। चौधरी कब से इस अवसर की ताक में थे। जैसे-जैसे रणजीत चौधरी के जीवन-पृष्ठ पाठकों के समक्ष खुलते जाएँगे, उनके चरित्र के अनेक गुण सामने आते जाएँगे। प्रारंभ से ही रणजीत सिंह धन और पद दोनों से प्रभावशाली व्यक्तियों के संपर्क में रहे हैं। पुलिस विभाग में प्रवेश के बाद उन्होंने स्वयं को लखनऊ के दायरे में ही सीमित नहीं रखा बल्कि राजस्थान, हरियाणा, पंजाब, दिल्ली आदि प्रदेशों में प्रशासक और उद्योगपति वर्ग से उपयोगी संबंध बनाए। सफलता की सीढ़ी पर चढ़ने के लिए सभी पायदान चाहिए ही।

रणजीत सिंह चौधरी इस स्वर्णिम अवसर को खोना नहीं चाहते थे। इसी सिलसिले में केंद्र सरकार में मुख्य सचिव से मिले, जो कि उनके परम मित्र थे। सारी योजना उन्हीं के घर बनाई गई। लखनऊ में भी राजनेताओं और प्रमुख अधिकारियों को घेरना आरंभ किया। रणजीत सिंह इन कामों में माहिर थे। उनका प्रत्येक दाँव इतना सटीक और लक्ष्य की ओर सधा हुआ होता था कि उसके असफल होने की कोई गुंजाइश नहीं होती थी। वे कहीं कोई छिद्र या सुराग छोड़ते ही नहीं थे।

इस बार तो मामला संगीन था। रणजीत सिंह चौधरी एक ही बाण से दो-दो शिकार करना चाह रहे थे। एक तो असमय आई.जी. पद पर विराजना और दूसरे अपने से सीनियर दो अधिकारियों को पछाड़ देना।

डी.आई.जी. रणजीत चौधरी से दो सीनियर अधिकारी थे डी.आई.जी. पांडे और श्रीवास्तव। श्रीवास्तव तो एक-दो वर्ष में अवकाश प्राप्त करनेवाले थे। उनसे तो रणजीत चौधरी को खतरा नहीं था, परंतु पांडे तो आयु में एक वर्ष छोटे ही थे। जब तक पांडे सीनियर बने रहेंगे, रणजीत सिंह चौधरी का भविष्य अनिश्चित ही था। उनकी प्रत्येक पदोन्नति में पांडे उनके आड़े आएँगे।

एक बार एक मीटिंग में पांडे ने हँसते-हँसते कहा था, 'यार चौधरी, हम लगभग एक ही आयु के हैं, साथ-साथ रिटायर होंगे। तुम्हारा कहाँ रहने का इरादा है?'

असतो मा सद्गमय

रेणु 'राजवंशी' गुप्ता

ग्रंथ अकादमी, नई दिल्ली

प्रकाशक : ग्रंथ अकादमी,
भवन संख्या–19, पहली मंजिल, 2, अंसारी रोड, दरियागंज, नई दिल्ली–110002
 / संस्करण : 2021 / मूल्य : तीन सौ रुपए
मुद्रक : नरुला प्रिंटर्स, दिल्ली ISBN 81-88267-60-0

ASATO MA SADGAMAYA *novel by* Renu 'Rajvanshi' Gupta
Published by Granth Akademi, Building No. 19, First Floor
2, Ansari Road, Daryaganj, New Delhi-110002
₹ 300.00

श्रद्धेय माताजी श्रीमती सुधा राजवंशी
तथा
पिताजी श्री सोम राजवंशी को

पांडे के प्रश्न पर रणजीत सिंह चौधरी ने बड़ा घाघ उत्तर दिया था, 'पांडे, तुम तो बनारस के रहनेवाले हो, वहीं सेटल होंगे। भई, हम तो ठहरे देहाती। गाँव में या बुलंदशहर में रहेंगे। भई पांडे, वैसे भी तुम हमसे सीनियर हो, पता नहीं कब हमारे बॉस बन जाओ।'

पांडे के रहते रणजीत चौधरी का लखनऊ में आई.जी. पद पाना कठिन था। हाँ, डेपुटेशन पर अन्य प्रदेशों में जाया जा सकता है। परंतु पूरे प्रदेश का महानिरीक्षक बनना उसका अपना ही मद और आनंद था। पांडे का सीधा-सरल व्यक्तित्व रणजीत चौधरी के भीतर छिपे कूटनीतिक को देख नहीं पाता था। रणजीत चौधरी क्या खिचड़ी पका रहे हैं और उस खिचड़ी में कितनों के हाथ जलेंगे—क्या पता!

रणजीत चौधरी दिल्ली से लखनऊ ऐसे लौटे जैसे कुछ हुआ ही नहीं। दिल्ली के सारे मोरचे मुख्य सचिव स्वयं सँभाल रहे थे और यहाँ प्रांत में उनके अभिन्न सहयोगी एवं उद्योगपति मुरारका ने संबंधित सभी अधिकारियों से लेकर क्लर्क तक और मंत्रियों से लेकर स्थानीय नेताओं तक, सबकी जेबें गरम कर रखी थीं, जिससे फाइल सुगमता से आगे बढ़ सके।

और एक महीने बाद··· ।

□

आई.जी. वीरेंद्र बहादुर माथुर का तीन महीने की मेडिकल लीव पर जाना और रणजीत सिंह चौधरी का दो वरिष्ठ अधिकारियों को पछाड़कर करके आई.जी. पद पर आसीन हो जाना, ने सबको सकते में डाल दिया।

डी.आई.जी. पांडे और श्रीवास्तव को तो भनक भी नहीं लगी। श्रीवास्तव तो एक-दो वर्ष में अवकाश प्राप्त करनेवाले ही थे। अत: आई.जी. बनने की चाह मन में दबाकर रिटायर हो जाएँगे। पांडे ने भी इस विष का पान सहनशीलता के साथ किया। श्रीमती पांडे अवश्य इस अन्याय के आघात से तिलमिलाईं। शाम को ही पांडे के निकट सहयोगी सहानुभूति दिखाने और स्थिति का जायजा लेने पांडेजी के निवास गौतम पल्ली पहुँचे। डी.आई.जी. पांडे ने अद्‍भुत समत्व दिखाया, ''भई, चौधरी के हाथ बहुत लंबे हैं। यदि मुझे ज्ञात भी हो जाता कि

चौधरीजी क्या साजिश कर रहे हैं तो भी क्या कर लेता?''

''यह अन्याय या आघात नहीं है। यह तो आज के युग का कौशल है। 'कर्मसुकौशलम् इति योग:'—आधुनिक युग का योग वह है जिसमें कर्म कम, कर्म का कौशल अधिक हो। यानी कर्म इतनी कुशलता से किया जाए कि विरोधी अचेत हो जाएँ। यह चौधरी की कुशलता का परिचायक है।'' पांडे हँसते हुए बोले, ''अब मैं हो गया चौधरी का जूनियर···। मेरे पास न इतनी ताकत है और न ही इतना धन कि मैं चौधरी के खिलाफ लड़ सकूँ। मेरे तीन बच्चे हैं। उनकी पढ़ाई और विवाह आदि होने हैं। अत: मैं इस विष को चुपचाप पी जाऊँगा।''

इस तरह पांडे ने मन को समझा-बुझाकर रणजीत सिंह चौधरी को तुरंत 'यार चौधरी' की जगह 'सर' कहना आरंभ कर दिया।

हाँ, श्रीमती पांडे को इस आघात को भुलाने में समय लगा। जैसा कि पहले भी लिखा जा चुका है कि रणजीत सिंह चौधरी के परिवार के सभी सदस्य अपने-अपने संसार में रहते हैं। हाँ, उनके नियंता रणजीत चौधरी ही हैं। रत्नाजी की भेंट श्रीमती पांडे से 'ऑफिसर्स लेडीज क्लब' में होती रहती थी। अपने व्यवहार से अति विनम्र एवं शालीन रत्नाजी ने श्रीमती पांडे को यह आभास नहीं होने दिया कि वह अब पांडेजी के बॉस की पत्नी हैं।

हमारे यहाँ गुरु की पत्नी को 'गुरुमाता' कहा जाता है। इसी प्रकार बॉस की पत्नी को भी 'मदर-बॉस' या 'सुपर-बॉस' कहना चाहिए।

रत्नाजी की दृष्टि में उनके साहब जो करते हैं, सही करते हैं। अब किसके साथ न्याय हुआ है और किसके साथ अन्याय, इसका हिसाब रत्नाजी नहीं रखना चाहती हैं। या उन्हें भय है कि यदि वे अपने पति द्वारा किए गए सत्ता के दुरुपयोग का लेखा-जोखा रखने लगीं या उनके पति ने अपनी स्वार्थ-सिद्धि के लिए कितनों के साथ अन्याय किया है, इसकी सूची बनाने लग गईं तो सूची बहुत लंबी न हो जाए और उनके साहब उनकी नजर में गिर न जाएँ।

इधर श्रीमती पांडे भी रत्नाजी के समक्ष सहज होने का अभिनय करतीं। परंतु रत्नाजी के भारी-भरकम तन की गौरवमय चाल और सिर ढके

चेहरे पर पति के पद की गरिमा और मद को कैसे छिपा सकती थी।

□

जब रणजीत सिंह चौधरी ने अप्रत्याशित रूप से पुलिस महानिरीक्षक का पद सँभाला तो पूरे प्रांत में सनसनी फैल गई। लगभग सभी समाचार-पत्रों ने इस समाचार को सनसनीखेज बनाकर प्रकाशित किया।

१० सितंबर, १९७० की सुबह सबके घर यही समाचार लेकर आई।

'अमर उजाला' का शीर्षक था—'रणजीत सिंह चौधरी का आई.जी. पद पर हमला, दो सीनियर ध्वस्त।'

'जागरण' में सुर्खियाँ अधिक सुर्ख थीं—'चौधरी का जाटपना रंग लाया, एक ही झटके में आई.जी. पद एवं वरिष्ठता दोनों हासिल।'

यों तो पापा के पास यह समाचार कल रात ही पहुँच गया था, परंतु समाचार-पत्र पढ़ने का अपना ही आनंद है। सुबह-सुबह चाय की चुस्कियों के साथ समाचार की चुस्कियाँ भी ली जा रही थीं।

मम्मी कहने लगीं, "लेकिन आई.जी. माथुर रिटायर थोड़े ही हुए हैं। थोड़े ही दिन की मौज है, फिर तीन महीने बाद माथुर साहब आकर अपना पद वापस ले ही लेंगे।"

पापा को हँसी आ गई, "फिर तो तुमने रणजीत सिंह चौधरी को समझा ही नहीं। तीन महीने के लिए कोई इतनी भाग-दौड़ करता है क्या? यह तो स्थायी व्यवस्था है।"

उड़ते समाचार थे कि रणजीत सिंह चौधरी ने इस पद को पाने के लिए पाँच लाख रुपए गृह मंत्रालय में पहुँचाए थे। सन् १९७० के समय में पाँच लाख विपुल राशि थी और आज के पाँच करोड़ से कम नहीं होगी। रणजीत चौधरी ने बड़ी चतुराई से आई.जी. पद सँभाल लिया। न कोई दावत, न स्वागत समारोह और न कोई रौनक। जो भी बधाई देने आता उससे यही कहते, "भई, मैं तो केयर-टेकर हूँ। गृह मंत्रालय के आदेश पर अपना काम कर रहा हूँ। तीन महीने बाद माथुर साहब आकर अपना पद सँभाल लेंगे।"

चौधरी साहब धैर्यपूर्वक तीन महीने बीतने की प्रतीक्षा कर रहे थे। यह

आँधी और गुजर जाए···फिर तो आनंद की बरसात-ही-बरसात है। रणजीत चौधरी ही क्या, संपूर्ण पुलिस विभाग ही तीन महीने बीतने की प्रतीक्षा कर रहा था।

तीन महीने पूरे हुए। आई.जी. वीरेंद्र बहादुर माथुर सिक लीव से वापस तो आए, परंतु लखनऊ नहीं पहुँचे। डेपुटेशन पर असम भेज दिए गए। संपूर्ण प्रशासन देखता रह गया और रणजीत सिंह चौधरी सुगमतापूर्वक पुलिस महानिरीक्षक पद पर आसीन हो गए। वहाँ से डी.सी.पी. की कुरसी उन्हें स्पष्ट दिखाई दे रही थी। अब चौधरी का मार्ग प्रशस्त था। उनके सीनियर-जूनियर सब चुप्पी साध गए। रणजीत चौधरी ने केंद्र से लेकर राज्य तक, मुख्य सचिव से लेकर क्लर्क तक और गृहमंत्री से लेकर विधायक तक सबको खिला-पिलाकर सुला दिया। अब वह निरंकुश सिंह के समान पुलिस विभाग के वन में विचरण करते थे और विभाग के छोटे-मोटे प्राणी अपने घरों में ही छिपे रहते। यहीं से आरंभ हुआ ज्योतिषी मिश्राजी की भविष्यवाणी का श्रीगणेश···दस वर्ष तक अखंड राजयोग का।

सबकुछ शांत हो जाने के बाद एक धमाका हुआ। रणजीत चौधरी की पदोन्नति और पुलिस महानिरीक्षक बनने की खुशी के अवसर पर एक भव्य पार्टी का आयोजन किया गया। पार्टी क्या थी मानो चक्रवर्ती सम्राट् का दरबार हो। उनके सभी अधिकारी भेंट-पोटली लेकर पहुँचे।

सभी जिलों से पुलिस अधीक्षक, जनपदों से डी.आई.जी. अपनी वफादारी का सबूत देने वहाँ पहुँचे। पापा ने इस समय अपने व्यावसायिक जीवन की सबसे बड़ी भूल कर दी। वे रणजीत चौधरी के दरबार में भेंट-पोटली लेकर नहीं पहुँचे। हाँ, दो व्यक्ति और नहीं पहुँचे थे—एक डी.आई.जी. पांडे और दूसरे डी.आई.जी. श्रीवास्तव।

रणजीत चौधरी की घाघ दृष्टि से कोई बच नहीं सकता था। किसने भेंट-पोटली पहुँचाई, किसने नहीं? किसने उनका विरोध किया, किसने कब रणजीत चौधरी का तिरस्कार किया? सबका हिसाब उनकी बही में दर्ज था।

पापा को उसी समय बड़ी बुआजी के बेटे मुन्नू भैया की शादी में जाना पड़ा।

बरात अलवर से दिल्ली जा रही थी। पापा ने परिवार सहित दिल्ली जाकर विवाह में सम्मिलित होने का निर्णय लिया। पापा सदैव ही व्यवहार-कुशलता से वंचित रहे हैं। एक स्वागत-समारोह में जाना उनकी सरल बुद्धि के गणित में महत्त्वपूर्ण नहीं था। वापस मेरठ पहुँचने पर सुबह-सुबह डी.आई.जी. कामत का फोन आया। कामत अंकल पापा को मजाक में 'पंडित' कहकर पुकारा करते थे।

"क्यों पंडित, नजराना देने नहीं पहुँचे चौधरी साहब के दरबार में? भई पंडित, अब वह युग नहीं रहा कि ब्राह्मण को दक्षिणा मिलती थी। अब तो पंडित को भी दक्षिणा देनी पड़ती है। वहाँ सबकी हाजिरी लग चुकी है।"

पापा डी.आई.जी. कामत की बात सुनकर थोड़ा विचलित हुए, "सर, मैंने तो सोचा ही नहीं था कि कोई इतनी बड़ी बात है।"

मम्मी प्रायः पापा की व्यवहार-अकुशलता पर झुँझला जाती थीं, "केवल अच्छा काम करना ही पर्याप्त नहीं है। अच्छे काम का अच्छा-खासा प्रदर्शन भी करना आवश्यक है। पता नहीं तुम्हें पुलिस विभाग में किसने नौकरी दे दी। यहाँ तो जनता को भी प्रसन्न रखो और जनता के लुटेरों को भी।"

मम्मी की इस उक्ति पर पापा मुसकराकर रह जाते। कभी-कभी पापा हँसकर कहते, "सुनीताजी, चूरू के कथावाचक ब्राह्मण के बेटे में कूटनीति, राजनीति, छलनीति कैसे आएगी!"

☐

पापा के मेरठ कार्यकाल में लतिका चोपड़ा अपहरण कांड हुआ था। रघुनाथ गर्ल्स कॉलेज के सामने भरी दोपहरी में कॉलेज की कक्षाएँ समाप्त हुई ही थीं कि सफेद एंबेसडर कार आकर रुकी। उसमें तीन लोग बैठे थे—एक ड्राइवर और दो अन्य। दोनों व्यक्ति कार से उतरे और लतिका चोपड़ा को उठाकर ले गए। सब देखते रह गए। बाद में शोर-शराबा हुआ, पुलिस भी मौके पर पहुँची। परंतु तब तक कार दृष्टि से ओझल हो चुकी थी। लतिका चोपड़ा मुझसे दो साल सीनियर

थी। इस घटना का पापा पर बड़ा गहरा असर पड़ा। जब भी पापा मेरी ओर देखते, उन्हें लतिका चोपड़ा का मासूम चेहरा नजर आता और लतिका के पिता की बेबसी सामने खड़ी हो जाती। हम भाई-बहनों ने पहली बार पापा को इतनी कड़क आवाज में इंस्पेक्टर, डी.एस.पी. आदि को डाँटते सुना। दो-तीन दिन तक पापा सो नहीं पाए। दिन-रात की भाग-दौड़ के बाद सुराग मिल ही गया। पापा ने अपनी टीम के साथ दिल्ली की एक कॉलोनी में जाकर लतिका चोपड़ा को मुक्त करवाया। इस घटना के बाद पापा को मेरठ जनपद में विशेष ख्याति मिली। 'अमर उजाला', 'जागरण' में समाचार प्रकाशित हुए। स्थानीय विधायक ने पापा का नागरिक अभिनंदन किया। लखनऊ से मुख्य सचिव की ओर से प्रशंसा-पत्र आया। डी.आई.जी. कामत ने बरेली से आकर रघुनाथ कॉलेज के वार्षिकोत्सव में पापा को प्रशंसा-पत्र दिया।

इस पर हमारे परिवार को गौरवान्वित होना स्वाभाविक था। पापा आत्मसंतोष से भरपूर थे तो दादाजी, दादीजी गर्वोन्नत।

डी.आई.जी. कामत को पापा बहुत प्रिय थे, परंतु उनकी धनलिप्सा किसी से छिपी हुई नहीं थी। वे आकर पापा (एस.पी. सत्येंद्र शर्मा) का सत्य से साक्षात्कार करा देते थे।

"पंडित, प्रशंसा-पत्र मिलने पर बहुत-बहुत बधाई! काम की लगन के साथ-साथ और बातों पर भी ध्यान दो। यह प्रशंसा-पत्र कोई विशेष बात नहीं है। लखनऊ में एस.वी. अस्थाना को देखो, उसे प्रतिवर्ष एक प्रशंसा-पत्र मिलता है।"

अब सत्येंद्र शर्मा सोच रहे थे कि अस्थाना ऐसा क्या खास काम करता है। शाम को पापा ने डी.आई.जी. कामत का प्रसंग सुनाया। मम्मी ने पापा की बात पकड़ ली और पापा को समझाया, "कामत साहब के (काम के साथ-साथ और बातों पर भी ध्यान दो) इस कथन का आशय समझो। कामत तुम्हें पसंद करते हैं, तुम उनका आदर करते हो; लेकिन आज के जमाने में 'अन्य विषय' अधिक महत्त्वपूर्ण हैं।"

अगली बार जब मम्मी नानाजी के यहाँ जोधपुर गईं तो श्रीमती कामत

को विशेष रूप से फोन किया, ''मैं जोधपुर जा रही हूँ। आपको कुछ चाहिए?''

पहले तो श्रीमती कामत ना-नुकुर करती रहीं, फिर एक लंबी सूची पकड़ा दी। मम्मी सोचने लगीं कि अच्छी मुसीबत गले पड़ी। लेकिन बॉस की पत्नी (सुपर बॉस) को तो खुश करना ही है। जोधपुर की भावे की कचौड़ी से लेकर बंधेज की साड़ियाँ खरीदते-खरीदते पूरी अटैची श्रीमती कामत के सामान से ही भर गई।

□

उधर लखनऊ में माथुर को रास्ते से हटाने के बाद रणजीत सिंह चौधरी के सितारे बुलंद थे। आई.जी. चौधरी अब जंगल के निरंकुश राजा थे और सीना तानकर विचरण करते थे। असली राजा वह होता है जो अपने शत्रुओं को समूल नष्ट कर दे और अपने अधीन कर्मचारियों व अधिकारियों को इतना दबाकर रखे कि वे कभी सिर न उठा सकें।

ऐसी बात नहीं कि रणजीत चौधरी बिना हंगामे के आई.जी. पद पर प्रतिष्ठित हो गए थे। समाचार-पत्रों की सुर्खियों से इस बात पर आपत्ति उठाई गई—'दो-दो वरिष्ठ अधिकारियों के होते हुए रणजीत सिंह चौधरी को आई.जी. पद कैसे मिला?'

''आई.जी. माथुर को यकायक असम कैसे भेज दिया गया?''

''पुलिस विभाग में दिन-दहाड़े यह अन्याय कैसे हो रहा है?''

''किसकी ताकत है रणजीत चौधरी के पीछे?''

कांग्रेस की सत्ता थी उन दिनों और कांग्रेस के विधायकों को तो गृहमंत्री ने पहले ही चुप करा रखा था, परंतु विपक्ष की ओर से शोर मचा हुआ था।

राज्य गृहमंत्री लालजी भाई टंडन के यहाँ सुबह-सुबह फोन की घंटी बजी, दूसरी ओर मुख्यमंत्री गुप्ताजी तनावग्रस्त थे।

''विधानसभा में रणजीत सिंह चौधरी के आई.जी. बनने पर काफी हंगामा हो रहा है। विपक्ष इस प्रश्न को उठाना चाह रहा है।''

''सर, रणजीत सिंह चौधरी के पक्ष में केंद्र से मुख्य सचिवजी का फोन आया था और उन्होंने चौधरी को आई.जी. बनाने की सिफारिश की थी। अब

केंद्र को तो नाराज नहीं किया जा सकता है। आप चिंता न करें, विपक्ष को उत्तर मिल जाएगा।''

विधानसभा में विपक्ष ने जब रणजीत सिंह चौधरी का विषय उठाया तो गृह सचिव ने गृहमंत्री द्वारा कहलवा दिया कि कल इस प्रश्न का उत्तर दे दिया जाएगा। बस रात-ही-रात में उत्तर मिल गया और अगले दिन विधानसभा में विपक्ष की ओर से कोई प्रस्ताव नहीं आया।

रणजीत सिंह चौधरी का मार्ग अब निष्कंटक था और यहीं से आरंभ हुआ दस वर्ष के अखंड योग का शुभारंभ। परंतु दस वर्ष तो दस वर्ष ही होते हैं। उनके भी समाप्त होने की अवधि निश्चित है। उसके बाद का योग तो ज्योतिषी मिश्राजी ने बताया ही नहीं। हो सकता है कि मिश्राजी का ज्ञान दस वर्ष के आगे नहीं देख सकता हो या दस साल बाद क्या होने वाला है, मिश्राजी यह रत्ना चौधरी को बताना नहीं चाहते हों। यह बात उचित ही है कि मनुष्य भाग्यलिपि पढ़ना नहीं जानता है··· । यदि पढ़ ले तो संभवत: मानव जी ही नहीं पाएगा। इसीलिए आज को ही शाश्वत मानता है।

□

सन् १९७४ का वर्ष था। मैं हाई स्कूल पास करके कॉलेज जाने की तैयारी में था। पापा की भी पदोन्नति हो गई। सत्येंद्र शर्मा एस.पी. से डी.आई.जी. बन गए। जहाँ पापा के डी.आई.जी. बनने पर हम सब खुशी में मग्न थे, वहीं मेरठ के बड़े सरकारी बँगले को छोड़कर लखनऊ में किराए के छोटे से घर में हम सब कैसे समाएँगे—मम्मी को यही चिंता सता रही थी। पापा ने मम्मी को पहले ही बता दिया था कि लखनऊ में ऑफिस की नौकरी होगी, बड़े नगर के खर्चे भी अधिक होते हैं, कोई विशेष सुख-सुविधा भी नहीं मिलेगी, अत: सोच-समझकर चलना होगा। यानी घर में कार तो है, परंतु उसे चलाने पर प्रतिबंध रहेगा।

हमारा परिवार लखनऊ पहुँच गया।

मेरठ में जहाँ एस.पी. भी राजा होता था वहीं लखनऊ में एस.पी. क्या, डी.आई.जी. भी कुछ नहीं होता था। दो-चार सरकारी बँगले थे, जो पुलिस

विभाग के प्रभावशाली अधिकारियों ने हथिया रखे थे। डी.आई.जी. सिंघल मुख्यमंत्री गुप्ता के दामाद के बड़े भाई थे, इसलिए वे किसी भी विभाग में रहें, विशालकाय सरकारी बँगला उनके पास ही रहता था। एस.पी. कुमार के बड़े भाई सांसद हैं और धुआँधार बोलनेवाले हैं, किसका साहस कि एक बँगले के लिए कुमार साहब का सामना करे। अब पापा और मम्मी के खानदान में दूर-दूर तक कोई आई.ए.एस. अफसर, एम.एल.ए. या एम.पी. नहीं है। डॉक्टर, इंजीनियर के परिवार में एक पापा ही पुलिस विभाग में थे, जिनकी हमारे परिवार में बहुत साख थी। एक मामाजी अवश्य आई.ए.एस. अधिकारी बने, परंतु उन्हें कर्नाटक कैडर मिला। हमारे खानदान में पापा की स्थिति ही सबसे मजबूत थी, अत: उन्हें अवलंबन कहाँ से मिले।

बहुत खोज करने पर भाटिया अंकल का घर इंदिरा नगर में मिला। अंकल का स्थानांतरण शाहजहाँपुर के लिए हो गया था। वे किसी परिचित को घर देना चाहते थे, जिससे समय पर खाली हो सके। पापा ने तुरंत छह सौ रुपए महीने पर घर किराए पर ले लिया। उस समय वेतन चार से पाँच हजार रुपए तक हुआ करता था। स्कूल-कॉलेज भी घर से दूर थे, जाने की व्यवस्था साइकिल या बस से होती थी। पापा की पदोन्नति की खुशी का रंग बहुत शीघ्र ही फीका पड़ने लगा। पापा द्वारा बार-बार खर्चा कम करने के अनुशासन और हमारी बिगड़ी हुई आदतों में बराबर खींचातानी होती रहती। लखनऊ नगर में सजी-सँवरी दुकानें हमें अपनी ओर खींचतीं, जहाँ हमारे शौक कभी पूरे होते, कभी नहीं भी।

पापा ने कार गैराज में खड़ी कर दी; ऑफिस स्कूटर से आते-जाते। हम भाई-बहन भी साइकिल या बस से स्कूल-कॉलेज जाते।

एक बार दादीजी हमारे यहाँ आईं। घर में खर्चे की खींचातानी देखकर पापा से पूछ ही बैठीं, ''मैंने तो सुना है कि अब तू और बड़ा अफसर बन गया है, परंतु ठाट उतने नहीं रहे जितने पहले थे।''

पापा को भी कहना पड़ा, ''अम्मा, यहाँ दफ्तर की नौकरी है। दफ्तर में इतने ठाट नहीं होते।''

मैंने लखनऊ विश्वविद्यालय के इतिहास विभाग में प्रवेश ले लिया। इतिहास, संस्कृत एवं अंग्रेजी तीन विषय मैंने चुने थे। लखनऊ विश्वविद्यालय का परिसर मेरठ के रघुनाथ गर्ल्स स्कूल से बहुत विशाल था। इस भीड़ में मेरा खो जाना बहुत सहज था। फर्राटे से गुजरते स्कूटर, सनसनाती-दौड़ती कारें, उनमें सवार युवक-युवतियाँ··· । स्कूटर या मोटरसाइकिल पर युवक-युवतियों के बीच कम होती दूरी, कमर पर बढ़ता कसाव···हाथों में हाथ डाले प्रेमी जोड़े, लाइब्रेरी के कोने में, एकांत में आलिंगनबद्ध चुंबित जोड़े आदि-आदि अनेक दृश्य मेरे लिए सर्वथा अपरिचित थे। इनसे परिचय ही अपने आप में एक अनुभव था।

जब मैं लड़कियों को चालीस इंच मोहरी की पैंट, कसे हुए ब्लाउज और बड़े-बड़े चश्मे लगाए देखती तो स्वयं से यही प्रश्न करती— ये लड़कियाँ कॉलेज में पढ़ने आती हैं या कुछ और करने ? फिर भी इस जीवन-शैली के प्रति हमारे लिए सहजाकर्षण होता। हम भी वैसे कपड़े पहनने का प्रयास करते।

लखनऊ प्रवास में हम भाई-बहनों का जीवन की विसंगतियों से परिचय हुआ। जहाँ हम यथार्थ की भूमि पर आ गए, वहीं हमने अपने परिवेश के लोगों को ऊँची उड़ान भरते देखा। हम ललक के कारण ऊँची उड़ान भरते लोगों को देखते, नए फैशन, नए सोच, तर्क-विचारधारा देखते। गर्लफ्रेंड, बॉयफ्रेंड के दर्शन से परिचय हुआ।

एक बार दो लड़कियाँ हाथों में हाथ डाले गर्ल्स हॉस्टल से बाहर आ रही थीं। मेरी सहेली नीना हँसकर बोली, "देख, वो देख!"

मैं आँखें फाड़कर देखती हुई बोली, "क्यों, क्या विशेष बात है ?"

नीना मुझे चिकोटी काटते हुए बोली, "समझी नहीं, दोनों लेस्बियन हैं।"

मैंने पूछा, "वो क्या होता है ?"

नीना हँसने लगी।

"हे भगवान! तू बिलकुल भोली है। अरे, जैसे स्त्री-पुरुष में यौन

संबंध होते हैं वैसे ही इन दोनों में भी हैं।''

नीना की बात सुनकर मुझे दो दिन तक नींद नहीं आई।

□

लखनऊ विश्वविद्यालय की रंगत ही निराली थी। यहाँ अनेक छात्राएँ और छात्र कार-स्कूटर, मोटरसाइकिल, बस, वाहनों आदि से आते थे, परंतु सबसे बड़ा था साइकिल-स्टैंड। मेरे जैसे अनेक विद्यार्थी साइकिल से आते थे। यों तो बहुमत साइकिल से आनेवाले विद्यार्थियों का ही था, परंतु मेरी दृष्टि प्रायः कार से आने वाली छात्राओं की गिनती करती रहती। कुछ लड़कियाँ धनाढ्य परिवार से थीं। उनसे मेरी कोई प्रतिस्पर्द्धा नहीं थी। रीना, गायत्री, सरिता इनके पिता लखनऊ के जाने-माने उद्योगपति थे। लेकिन जब डी.आई.जी. मल्होत्रा अंकल की बेटी कविता कार में आती तो मेरी सोच की दौड़ तेज हो जाती।

मल्होत्रा अंकल पापा से दो वर्ष जूनियर थे। सबको ज्ञात था कि उनके बहुत सोर्स हैं। उन्होंने बहुत धन कमाया है और बहुत सारा श्वसुर-गृह से प्राप्त किया है। कविता के नानाजी मंत्री रहे हैं, पुराने कांग्रेसी नेता जो ठहरे। डी.आई.जी. मल्होत्रा ने परिस्थिति का खूब लाभ उठाया। एक ही झटके में मैरिट की विशेष पी.एस.सी. की मीटिंग बुलवाकर दस से अधिक पुलिस अधिकारियों को प्रभावित किया था, जिसमें पापा भी सम्मिलित थे। उस समय खूब शोर मचा, परंतु कुछ दिन बाद सबकुछ शांत हो गया।

यह संयोग ही था कि मेरी और कविता की क्लास एक ही विभाग में और एक ही समय लगती थीं। इधर मैं साइकिल खड़ी करके आती, उधर कविता की कार विभाग के ठीक सामने रुकती। सज्जित कविता शान से अपनी कार से उतरती और तीर की भाँति क्लास में चली जाती। मेरे कपड़े तो यदा- कदा मुस जाते, रास्ते की कीचड़ भी उछलकर कपड़ों पर आ लगती, बाल हवा के कारण फैल जाते, परंतु क्या मजाल कि कविता के कपड़ों में एक भी सिलवट पड़ जाए। मेरा कौतूहल कविता के विषय में बढ़ता जा रहा था। मैं उसके विषय में इतना जानती हूँ, क्या वह मुझे नहीं जानती ?

एक दिन मैंने साहस कर कविता का मार्ग रोका, ''हैलो कविता, मैं स्तुति शर्मा हूँ। तुम्हारे और मेरे पापा एक ही डिपार्ट में हैं।''

कविता ने न तो मुझे पहचाना और न ही जानने में रुचि दिखाई। बस 'हैलो' कहकर आगे बढ़ गई। मैं आहत हुई। मैं साइकिल से आती रही और कविता कार से। मेरी सत्रह वर्ष की किशोर बुद्धि में सामाजिक न्याय-अन्याय, धनी-विपन्न आदि के मापदंड पर प्रश्न घुमड़ते रहते। एक बड़े नगर में रहने और आम व्यक्ति की तरह संघर्ष करने का हमारे परिवार का पहला अवसर था। इन दो वर्षों में हम भाई-बहनों को जीवन के पथरीले मार्ग पर चलने का अभ्यास हो गया था।

□

अरे हाँ, लखनऊ में रणजीत सिंह चौधरी भी तो रहते थे। उनकी बातें हम पापा से कभी-कभी सुना करते थे। रणजीत चौधरी की दूसरी पदोन्नति भी हो गई थी। अब वह पुलिस विभाग के सर्वेसर्वा थे, डी.जी.पी. यानी पुलिस महानिदेशक थे। मेरठ से उनके छोटे भाई रणवीर सिंह सपरिवार लखनऊ पधारे। ठहरे तो थे वे अपने बड़े भाई रणवीर चौधरी के यहाँ, परंतु मेरठ से ही हमारा रणवीर चौधरी के परिवार से पुराना परिचय था। आत्मीयता की गर्मजोशी कुछ समय तक तो रहती है। रणवीर अंकल की तीन बेटियाँ थीं। बड़ी बेटियाँ आस्था और अस्ति मेरी छोटी बहनों स्वाति और स्वस्ति की सहेली थीं। स्कूल के समय हुई दोस्ती पक्की होती है पुराने घरों की तरह।

साक्षी और अस्ति एक ही कक्षा में पढ़ती थीं। दोनों सहेलियाँ घंटों गप्पें लड़ातीं। दोनों की आयु गुड्डे-गुड़िया खेलने की थी।

इधर स्वस्ति और आस्था भी सहपाठिन थीं। उनकी आयु गुड्डे-गुड़िया खेलने की नहीं रही, परंतु दोनों ही फिल्मों की बातें बहुत किया करती थीं। हाँ, स्वीमिंग भी दोनों खूब करती थीं।

अस्ति तो लखनऊ पहुँचते ही मचलने लगी कि स्वाति से बात करनी है। जब दो दिन तक बात करने के बाद मन नहीं भरा तो मिलने की जिद करने लगी। स्वाति और अस्ति की तो बातें ही खत्म नहीं होतीं। सहेलियों की,

बहनों की, भाइयों की, माता-पिता की सबसे खुलकर चर्चा हुई। कभी-कभी 'अमर-अकबर-एंथनी' आदि-आदि मूवी की बातें होतीं। लखनऊ की फर्राटेदार इंग्लिश बोलनेवाली और फैशनेबल कपड़े पहननेवाली लड़कियों की बातें होतीं।

इधर पापा और रणवीर अंकल भी गर्मजोशी से मिले। हैं तो पुराने दोस्त ही न, क्या हुआ जो अब उनके बड़े भाई पापा के सुपर-बॉस बन गए हैं, जो एक आततायी बन राजा की तरह पुलिस विभाग के जंगल में विचरते हैं।

जब मम्मी ने फोन करके रणवीर सिंह के परिवार को भोजन पर आमंत्रित किया था तब औपचारिकतावश रत्ना चौधरी से भी विनम्र निवेदन किया कि वे भी परिवार सहित हमारे घर पधारें।

रत्नाजी ने बड़ी शालीनता एवं वाक्पटुता से उत्तर दिया, "ऐसा है सुनीताजी, साहब तो बहुत व्यस्त रहते हैं। पता नहीं कब तक घर आएँगे। अतः हम दोनों तो नहीं आ पाएँगे; परंतु दोनों बेटियों को अवश्य भेज दूँगी।"

तो शाम को हमारे घर उत्सव-सा माहौल था। रणजीत चौधरी तो नहीं, परंतु उनकी दोनों बेटियाँ हमारे घर आ रही थीं।

उस दिन मैत्रेयी से खूब खुलकर मिलना हुआ। हम दोनों बी.ए. के प्रथम वर्ष में थीं। इतिहास हम दोनों का विषय था। अतः सप्ताह में एक-दो क्लास भी साथ ही होती थीं। हमारे व्यक्तित्व में कोई साम्य नहीं था, परंतु फिर भी हम दोस्ती के बंधन में बँध गए थे।

मैं सत्रह वर्षीया हिंदी मीडियम के सरकारी स्कूल में पढ़ी हुई, आदर्शवादिता की दुहाई देती एक साधारण लड़की थी। कभी-कभी लोग मेरे भारतीय ज्ञान एवं गंभीर व्यक्तित्व से प्रभावित अवश्य होते।

इधर मैत्रेयी स्वभाव से हँसमुख और मृदुल थी। वह अपनी बातों के मध्य पूरा ध्यान रखती कि सामनेवाला हीनता का शिकार न हो जाए। परंतु अपने पिता के पद के वैभव का अहसास उसकी बातों में अवश्य झलकता। वैसे कुल मिलाकर मैत्रेयी एक दिलचस्प लड़की थी, जिससे मेरा मिलना होता रहता था।

वैसे तो हमारे मार्ग अलग थे, साधन अलग थे, बातों के विषय अलग

थे, घूमने के स्थान अलग थे, मित्रों के दायरे अलग थे। जहाँ मैं साइकिल से कॉलेज जाती थी, वहीं मैत्रेयी के पास निजी कार और ड्राइवर था। परंतु हमारे परस्पर अलगाव की स्थिति में भी एक लगाव था।

मैं अपनी सहेलियों के साथ कभी-कभी आइसक्रीम खाने, चाट खाने, कॉलेज से बाहर जाती रहती थी। एक बार हम बाहर निकले ही थे कि सामने से मैत्रेयी आती दिखाई दी। अपनी चिरपरिचित हँसी बिखेरते हुए बोली, ''कहाँ का प्रोग्राम है ?''

मैंने सकुचाते हुए कहा, ''मैत्रेयी, हम पास ही गन्ने का रस पीने जा रही हैं। तुम भी चलो। ''

''अरे, मैं तो अभी-अभी क्लॉक्स अवध से आ रही हूँ। सॉरी, फिर कभी चलेंगे। तुम सब एंजॉय करो।''

मेरी सहेली नीना हँसते हुए बोली, ''स्तुति, इतने धनी परिवार की बेटियाँ तेरी दोस्त हैं। कहाँ गन्ने का रस और कहाँ क्लॉक्स अवध की कॉफी!''

मैं प्राय: मैत्रेयी को स्वयं से तौलती एक प्रश्नात्मक चिह्न के साथ, ईर्ष्या के साथ नहीं। मुझे भली-भाँति पता था कि वह रणजीत चौधरी की बेटी है।

इधर लखनऊ में हमारा समय रेंग रहा था। पापा-मम्मी दो-तीन वर्ष की अवधि पूरे होने की प्रतीक्षा में थे। हम भाई-बहन अभावग्रस्त जीवन जीने के आदी नहीं थे। परंतु रणजीत सिंह चौधरी के परिवार से हम चाहते या न चाहते हुए जुड़े रहे। मैत्रेयी के माध्यम से हमारे परिवार मिलते रहते। रणवीर चौधरी जब भी लखनऊ आते, हमारे घर अवश्य आते। हाँ, अब वह आत्मीयता नहीं रही। स्वाति और स्वस्ति की अन्य सहेलियाँ बन गईं। अब वह आस्था या अस्ति से मिलने के लिए इतनी अधीर नहीं होती थी। रणजीत चौधरी तो अपने अधीनस्थ अधिकारियों के घर नहीं जाते थे, परंतु मैत्रेयी और रत्ना आंटी कभी-कभी आ जाया करती थीं। मैं भी कभी मैत्रेयी के घर डी.जी.पी. निवास चली जाती। परंतु रणजीत सिंह चौधरी के निरंकुश शासन से सभी त्रस्त थे। पूरे विभाग में चुप्पी का वातावरण था। एक उदास दूरी बिखरी रहती हमारे परिवारों के बीच।

□

२३ जून, १९७५ को उत्तर प्रदेश उच्च न्यायालय ने परंपरा के विपरीत निर्णय लिया था। समाजवादी नेता श्री राजनारायण ने प्रधानमंत्री श्रीमती इंदिरा गांधी के विरुद्ध मुकदमा दायर किया था। उनके वकील थे श्री शांति भूषण और न्यायाधीश थे श्री जगमोहन सिन्हा। अपने अनूठे एवं हास्यास्पद व्यक्तित्व के लिए जाने जाते राजनारायण उत्तर प्रदेश के रायबरेली लोकसभा क्षेत्र से सदैव इंदिरा गांधी के विरुद्ध चुनाव लड़ते और हारते थे। राजनारायण का आरोप था कि इंदिरा गांधी ने लोकसभा चुनाव के समय अपनी सत्ता का दुरुपयोग किया तथा जालसाजी और धोखाधड़ी का सहारा लिया। अपने समय का यह अनूठा मुकदमा था। पूरे राष्ट्र की दृष्टि इस पर थी। न्यायाधीश श्री सिन्हा ने असीम साहस का परिचय देते हुए और न्यायपालिका की मर्यादा का निर्वाह करते हुए प्रधानमंत्री के विरुद्ध निर्णय सुनाया। निर्णय के अनुसार प्रधानमंत्री इंदिरा गांधी को लोकसभा की सीट से वंचित होना पड़ा। उनका चुनाव रद्द कर दिया गया और अगले छह वर्षों तक चुनाव लड़ने पर प्रतिबंध लगा दिया गया। इस निर्णय के बाद जगमोहन सिन्हा ने स्वयं को भूमिगत कर लिया और उनका नाम फिर समाचार-पत्रों में दिखाई नहीं दिया। संपूर्ण राष्ट्र ने श्वास रोककर यह निर्णय सुना। भारतीय लोकतंत्र में किसी राजनीतिक के विरुद्ध न तो ऐसा मुकदमा दायर हुआ और न ही ऐसा निर्णय सुनाया गया।

अभी राष्ट्र सँभला भी नहीं था कि २६ जून, १९७५ को प्रधानमंत्री इंदिरा गांधी ने उच्च न्यायालय के निर्णय की अवमानना करते हुए सत्ता के समस्त सूत्र अपने हाथ में ले लिये, लोकसभा भंग कर दी और पूरे देश में आपातकाल की घोषणा कर दी। यह आपातकाल २६ जून, १९७५ से लेकर २१ मार्च, १९७६ तक रहा। विपक्ष के सभी नेता, राष्ट्रवादी संगठनों के कार्यकर्ता या तो भूमिगत हो गए या जेल में ठूँस दिए गए। राष्ट्रवादी विचारधारा के संगठनों पर प्रतिबंध लगा दिया गया। यहीं से आरंभ हुआ इंदिरा गांधी का निरंकुश शासन। कांग्रेसी नेताओं के अतिरिक्त भारत की दो और प्रसिद्ध

विभूतियों ने आपातकाल का स्वागत किया। एक थीं मदर टेरेसा और दूसरे थे सर्वोदय नेता विनोबा भावे। डेढ़ वर्ष के आपातकाल में प्रधानमंत्री से लेकर स्थानीय नेता एवं अधिकारी वर्ग ने अपने विरोधियों को कुचलने में कोई कसर नहीं छोड़ी। डेढ़ वर्ष के बाद क्या हुआ, यह तो सब जानते हैं; परंतु अभी बात हो रही है डेढ़ वर्ष के मध्य की।

उत्तर प्रदेश के पुलिस विभाग के डी.जी.पी. रणजीत चौधरी भी दिल खोलकर पुराने वैर निकाल रहे थे। अपने विभाग के वे सर्वेसर्वा थे और सरकार का वरदहस्त उन पर था। मंत्रियों की दृष्टि में उनसे योग्य पुलिस अधिकारी कोई था ही नहीं। वे चुन-चुनकर अयोग्य अधिकारियों को दंडित कर रहे थे…। एक-दो को तो उन्होंने निलंबित भी कर दिया था।

रणजीत सिंह चौधरी के लिए अयोग्यता का क्या मापदंड था—

'आप विपक्ष के मंत्री के निर्वाचन क्षेत्र में पोस्टेड रहे हैं।'

'आप तत्कालीन मंत्री या सत्तारूढ़ दल की आँखों की किरकिरी बन गए हैं।'

'आपने रणजीत सिंह चौधरी की कभी अवमानना की है, उनका अपमान किया है।'

'कभी किसी भी विवादास्पद स्थान पर आपकी नियुक्ति हुई है ?'

एक-एक करके एस.पी., डी.एस.पी. यहाँ तक कि डी.आई.जी. तक के चेहरों के मुखौटे बदले जा रहे थे। रणजीत सिंह चौधरी के सबसे पहले निशाना बने एस.पी. द्विवेदी। द्विवेदी साधु स्वभाव, लोभ-रहित इनसान थे। न स्वयं खाते थे और न ही औरों को खिलाते थे। निष्ठा और ईमानदारी व्यक्ति को निर्भीक बना देती है।

चौधरी ने जब द्विवेदी के विरुद्ध केस बनाकर भेजा तो उन्होंने स्पष्ट एवं खरा उत्तर दिया—

"सर, मैं ऐसी भाषा न तो सुनने का और न समझने का आदी हूँ। आप मुझे झूठे केस में फँसाने का षड्यंत्र करेंगे तो भी मैं डिगनेवाला नहीं हूँ। मेरी सफलता को मेरी कमजोरी मत समझिए। आपको मेरे खिलाफ कोई सुराग

हाथ नहीं लगेगा।''

वास्तव में रणजीत सिंह चौधरी एस.पी. द्विवेदी के विरुद्ध कोई केस नहीं बना पाए।

चौधरी का दूसरा शिकार थे डी.एस.पी. खेत सिंह जाट। जैसा नाम वैसा काम। सुना है कि जाट ने बहुत दौलत बटोरी है। बहुत खतरनाक लोगों से उसकी दोस्ती है। कभी खेत सिंह ने रणजीत चौधरी की अवहेलना कर दी थी, तभी से वे खार खाए बैठे थे। खेत सिंह के विरुद्ध भी केस बनाकर भेज दिया। उनके विरुद्ध केस बनाना कोई दुष्कर कार्य नहीं था।

केस के उत्तर में खेत सिंह जाट स्वयं ही रणजीत सिंह चौधरी के ऑफिस में जा पहुँचे। मेज पर फाइल पटकते हुए बोले, ''साहब, कपड़े के नीचे हम सब नंगे हैं। जैसे आप कमीने लुटेरे वैसे मैं कमीना लुटेरा। मुझे फँसाने का प्रयत्न किया तो स्वयं भी फँस जाओगे। आपका भला इसी में है कि आप चुप ही रहें।''

रणजीत सिंह चौधरी समझ गए कि यहाँ भी दाल नहीं गलेगी। अब रणजीत चौधरी ने अपना रुख बीच के अधिकारियों की ओर किया।

बहुत ईमानदार, कार्य-कुशल एवं निर्भीक अधिकारी प्रत्येक विभाग में विरले ही होते हैं। अपने आदर्शों का निर्वाह करते हुए अपने पद पर बने रहना ऐसा ही दुष्कर है जैसा दाँतों के बीच जिह्वा का रहना या घनघोर वर्षा-आँधी के बीच दीपक का जलते रहना। इस संघर्ष में अपने परिवार का त्याग भी निहित रहता है। ऐसे अधिकारी अपने विभाग का गौरव होते हैं।

बहुत लुटेरे, कमीने किस्म के अधिकारी, ऐसे निकृष्ट कि विभाग को बेच ही खाएँ, भी विभाग में बहुत कम ही होते हैं। ये लोग विभाग के नाम पर कलंक होते हैं।

इन दोनों के मध्य एक विशाल वर्ग ऐसे अधिकारियों का होता है, जो न ही ईमानदार, न ही बहुत बेईमान, न ही दबंग बल्कि थोड़े दब्बू किस्म के होते हैं। विभाग में ही नहीं, समाज में भी इस वर्ग की बहुतायत होती है। मूलत: यह वर्ग ईमानदार, कर्तव्यनिष्ठ एवं आदर्शवादी होता है; परंतु उनके

संस्कार इतने प्रबल नहीं होते हैं। अतः उनके आदर्श, लोभ, लालच, लोलुपता की आँधी के सामने टिक नहीं पाते हैं और सूखे पत्ते की भाँति उड़ जाते हैं। परिवार और समाज का दबाव भी इन्हें आदर्श-पालन से डिगाता है। और क्यों न डिगाए···मात्र सूखी पगार से तो दो वक्त की रोटी मिल सकती है, ऐश-मौज नहीं हो सकते।

जब सर्वत्र सहकर्मियों के परिवार धन-वैभव का सुख लूट रहे हैं तो हम ही वंचित क्यों रहें? परंतु यह वर्ग चूँकि भ्रष्टाचार का अभ्यस्त नहीं होता है, इसलिए भयाक्रांत रहता है। इसके पास गलत कार्यों को सही करने के साधन भी नहीं होते हैं। धूर्तता, चालाकी, तरह-तरह के हथकंडों का इस वर्ग के पास अभाव रहता है। अतः यह वर्ग सदैव डरा हुआ और शोषित ही रहा है।

रणजीत सिंह चौधरी जैसे लोग इस वर्ग का अपने कुकर्मों को इन पर परदा डालने का खूब उपयोग करते हैं।

□

सत्येंद्र शर्मा (पापा) की नई-नई पदोन्नति हुई थी। राजधानी लखनऊ में भी पहली बार नई पोस्टिंग हुई थी। अब तक पापा की जिन शहरों में पोस्टिंग हुई थी, वहाँ पुलिस विभाग के वे ही प्रमुख रहे थे। अतः फल, मिठाई, मेवे के टोकरे भिजवाने के वे आदि नहीं थे। लेकिन यह तो राजधानी है, पापा से ऊपर कितने ही अधिकारी आसीन हैं। मम्मी के बार-बार कहने पर रणजीत चौधरी के दरबार में बड़े संकोच से दीपावली पर मिठाई के दो डिब्बे लेकर पापा-मम्मी पहुँचे। पापा की स्थिति तो ऐसी थी जैसे किसी बच्चे को क्रिस्टल का वेस (Vase) दे दिया हो, जो न वह ठीक से पकड़ पा रहा हो और न ही छोड़ पा रहा हो।

लेकिन रणजीत चौधरी के द्वार पर तो मेवे के टोकरों, सोने-चाँदी के सिक्कों, चाँदी के गणेशजी, लक्ष्मीजी की मूर्तियों की कतार लगी हुई थी। वहाँ पापा के दो डिब्बे क्या दिखाई देते। घर आते हुए पापा यही सोच रहे थे कि ये मिठाई के डिब्बे घर ले जाते तो बच्चे चाव से खाते और हम भी अपने परिवार के साथ खाते। इससे भी अधिक चुभनेवाली बात यह थी कि रणजीत चौधरी

ने डिब्बों को मेज पर रखने का संकेत भर कर दिया और बड़ी वितृष्णा से मुसकराए। रणजीत चौधरी को ऐसा क्या खटक गया था, पापा यह समझ नहीं पाए।

□

पुलिस विभाग के डर का तो यह आलम है कि सिपाही यदि सड़क के दाईं ओर जा रहा है तो जनता बाईं ओर से गुजरेगी। यदि सड़क पर पुलिस जा रही हो और आपकी कार खराब हो जाए तो डर के मारे आप कार से बाहर नहीं निकलेंगे। पुलिसवाले के चले जाने की प्रतीक्षा करेंगे। कहीं ऐसा न हो कि सहायता माँगने चलें और फिर लेने के देने पड़ जाएँ।

एक बार वीनू मौसी अपने बेटे रंजन भैया के पास अमेरिका गईं। वहाँ उन्होंने जब पुलिसवालों को 'मैडम', 'सर' कहकर आदर से जनता से बात करते देखा तो बहुत प्रभावित हुईं। एक बार रास्ते में कार खराब हो जाने पर पुलिसवाले ने टायर बदलने में सहायता की तो मौसीजी को सहसा विश्वास ही नहीं हुआ।

भारत आने पर सबसे पहले उन्होंने पापा को अपने अनुभव सुनाए।

"भैया, यदि तुम अमेरिका में पुलिस विभाग में होते तो जनता के बीच तुम्हारा मान-सम्मान होता। वहाँ जनता पुलिस को अपना मित्र समझती है, शत्रु नहीं।" सत्य ही कहा था मौसी ने। भारत में जनता सामने तो पुलिसवालों से डरती है, पीठ पीछे घृणा करती है।

विवादों में घिरे पुलिस अधिकारी कभी नेताओं के बुने जाल में, कभी गुंडे, आपराधिक गैंगवालों के फैलाए जाल में तो कभी अपने ही सहकर्मियों द्वारा फेंके गए जाल में फँसते रहते हैं। पापा बातों-बातों में प्रायः भीतर की पीड़ा को बाहर आने से रोक नहीं पाते थे—

"अरे, यह शानो-शौकत, आराम बाहर से ही दिखते हैं। सत्य तो यह है कि आज के अपराधपूर्ण वातावरण में काम करना दुःसह हो गया है।"

फिर पुलिस अधिकारी तो दुधारी तलवार पर चलते हैं। रणजीत सिंह चौधरी को इस जाल में फँसे मोहरों की खोज थी और इस विभाग में ऐसे लोगों

का अभाव नहीं।

□

सन् १९७५-७६ का निर्णायक वर्ष भारत के इतिहास में कई उथल-पुथल मचा गया। यों तो भारत ने आक्रांताओं के अनेक घात सहे हैं। मातृभूमि की गरिमा स्थापित करने के लिए महामानव इस धरा पर अवतरित हुए हैं। उन्हीं के तप का परिणाम है कि भारतभूमि अपने मूल-स्वरूप को धारण किए हुए है। अन्यथा पिछले पंद्रह सौ वर्षों से यवन, मुगल, अंग्रेज इस धरा की सांस्कृतिक परंपरा कुचलने में लगे हुए थे। धर्मांतरण का नंगा नाच स्वतंत्रता-प्राप्ति के बाद भी होता रहा है।

भारतीय इतिहास में एक और पीड़ादायक अध्याय जुड़ गया, जब इसके ही सपूत भारत का सांस्कृतिक औदार्य, आध्यात्मिक गरिमा और परंपरा का लावण्य नष्ट करने में लगे हैं। आपातकाल भी इसी अध्याय का एक काला पृष्ठ है।

इतिहास मेरा मनपसंद विषय रहा है। पुरातन ऐतिहासिक घटनाओं को वर्तमान संदर्भ में रखना, उन्हें आज के साँचे में ढालकर देखना और विश्लेषण करना मुझे प्रिय है।

३२० ईसा पूर्व तक्षशिला के युवराज आंभीकुमार ने क्षुद्र स्वार्थों के लिए आक्रांता सिकंदर से संधि कर उसके भारत में आगमन का मार्ग प्रशस्त किया।

वहीं तेरहवीं-चौदहवीं शताब्दी में पृथ्वीराज चौहान ने मुहम्मद गोरी को तेरह बार युद्ध में हराकर फिर जीवन-दान देकर भारी भूल की, फलस्वरूप भारत में मुगल सत्ता का बीजारोपण हुआ।

यही भूल भारत सरकार ने बार-बार कश्मीर की सीमा पर उत्पात मचा रही, आक्रमण कर रही पाकिस्तानी सेना को और घुसपैठियों को अनदेखा करके की है। पाकिस्तान को बारंबार क्षमादान का ही परिणाम है कि न तो भारत की बाहरी सीमाएँ सुरक्षित हैं और न ही आंतरिक। कश्मीर के मूल हिंदू निवासी अपने ही घर से निर्वासित कर दिए गए हैं, तो उत्तर-पूर्वी राज्यों में

बँगलादेश से आए घुसपैठियों ने भारत माँ का आँचल तार-तार कर दिया है।

इतिहास क़ी तब तक पुनरावृत्ति होती रहेगी जब तक हम अपनी विचार-शैली और कार्य-शैली नहीं बदलेंगे। इसी प्रकार सन् १९७६ की तानाशाही ने खिलजी, औरंगजेब, हिटलर और मुसोलिनी की स्मृतियों को जीवंत कर दिया।

प्राय: मैं यही समझती थी कि जब भी इतिहास करवट लेता है, प्रमुख राज-सत्ताओं, राजनयिकों और सेनाधिकारियों के जीवन में ही उथल-पुथल होती है। जनता की नींद नहीं टूटती और वह वैसे ही सोती-जागती रहती है। परंतु सन् १९७६ की आपातकालीन घटनाओं से मैंने जाना कि किस प्रकार जन-जन का जीवन बदला। मात्र सत्ता ही नहीं डिगी, न्यायालय ने ही इतिहास नहीं गढ़ा, संघ के तपस्वी कार्यकर्ता और विपक्ष के नेता ही जेल में नहीं डाले गए, सड़कों पर ही आतंक नहीं छाया, बल्कि आस-पास का जीवन भी उथल-पुथल हुआ।

अचानक सरकार में अनियमितताओं, अकर्मण्यता ने नवीन मापदंड ढूँढ़े जाने लगे। अनुशासन के नाम पर सब विभागों में सत्तारूढ़ अधिकारी पुराने वैर निकालने लगे। निर्बल और संबलहीन अधिकारियों के विरुद्ध केस बनाए जाने लगे। पुरानी फाइलें रद्दी की टोकरी से बाहर निकाली गईं। आपातकाल की दहशत में डी.जी.पी. रणजीत सिंह चौधरी को भी शिकार दिखाई देने लगे। रणजीत सिंह चौधरी ने गृह सचिव और गृहमंत्री के कहने पर उत्तर प्रदेश पुलिस विभाग के अयोग्य, निकम्मे एवं नकारा अधिकारियों की सूची बनानी आरंभ कर दी। रणजीत चौधरी ने उन अधिकारियों की गणना आरंभ कर दी, जिनसे वे खार खाए बैठे थे। आपसी वैर में कितने ही योग्य और विभाग के गौरव सितारे धूल में मिला दिए गए, इसका राज तो बाद में खुला।

□

रणजीत सिंह चौधरी का जीवन बहुत व्यस्त था। अपने परिवार को कम ही समय दे पाते थे। घर-बाहर उन्होंने अनेक मोरचे सँभाल रखे थे। उत्तर

प्रदेश पुलिस विभाग के वे सर्वेसर्वा थे। राजनयिकों, मंत्रियों एवं केंद्रीय अधिकारियों के चहेते योग्य और कुशल प्रशासक थे। तीनों बच्चों—मैत्रेयी, मंदिरा और मधुसागर के आदर्श, पूजनीय और आदरणीय पिता थे। और अपनी पत्नी रत्ना चौधरी के तो वे 'साहब' थे। लड़कियाँ अपने पिता से कोई प्रश्न नहीं करती थीं, बस उनका अनुकरण करती थीं।

एक वचन गंगा के प्रेम में अंधे होकर हस्तिनापुर-नरेश शांतनु ने विवाह से पूर्व गंगा को दिया था कि वे उनसे कोई प्रश्न नहीं करेंगे। गंगा चाहे जो करे, शांतनु अपनी पत्नी से कोई प्रश्न नहीं करेंगे। न ही गंगा को मनमानी करने से रोकेंगे। गंगा अपने पति शांतनु के सामने एक-एक करके अपने पुत्रों को गंगा में समर्पित करती गई। वचनबद्ध शांतनु यह अन्याय देखते रहे और जब उन्होंने मौन तोड़ा तो बहुत देर हो चुकी थी।

ऐसा ही मौन वचन रत्नाजी ने विवाह के समय से ही अपने पति को दे रखा था कि वे अपने पति से कोई प्रश्न नहीं करेंगी। सोलह वर्ष की आयु में हुए, घूँघट में छिपे और संयुक्त परिवार में घिरे हुए इस विवाह में प्रेम कम, मर्यादा अधिक थी; आत्मीयता कम, संस्कार अधिक थे। रत्नाजी को याद नहीं कि सबसे पहले उन्होंने कब भरपूर दृष्टि से अपने पति की ओर देखा था या उनसे खुले दिल से बात की थी। आरंभ में तो रत्नाजी को चौधरी साहब की ओर देखने में संकोच होता था। अपने पति के समक्ष वह सहमी-सहमी रहती थीं।

विवाह के तुरंत बाद रणजीत सिंह चौधरी एम.एस-सी. करने लखनऊ चले गए। वह हॉस्टल में रहते थे तो रत्नाजी श्वसुरगृह या पितृगृह के बीच घूमती रहतीं। रणजीत सिंह चौधरी कॉलेज से अवकाश लेकर समय-समय पर आते रहते। लखनऊ में ही आई.पी.एस. की परीक्षा में बैठे और उत्तीर्ण भी हो गए। नौकरी में आरंभिक प्रशिक्षण के पश्चात् रणजीत सिंह चौधरी की प्रथम नियुक्ति डी.एस.पी. के पद पर बिजनौर जिले के नजीबाबाद तहसील में हुई। विवाह के पाँच साल बाद बड़ी बेटी मैत्रेयी को लेकर रत्नाजी पहली बार अपने पति के साथ रहने गईं। पुलिस अधिकारी की पत्नी का गौरव, प्रभुत्व

और भी ऊँचा होता है। एक मध्य वर्गीय परिवार की बेटी और वधू को अपने पति के कारण रिश्तेदारों के बीच जो मान-सम्मान मिला, उससे रत्नाजी भलीभाँति परिचित थीं और समय-समय पर उसका उपयोग भी करती थीं। अब तो रत्नाजी बुलंदशहर या आपने गाँव सरकारी जीप से जातीं और एक-दो नौकर या सिपाही साथ रहते। परंतु पति के सामने आभार से दबी ही रहती थीं। कभी-कभी दोनों साथ चलते तो रत्नाजी अपने पति से दो कदम पीछे ही चलतीं। रत्नाजी सही अर्थ में अनुगामिनी थीं अपने पति रणजीत सिंह चौधरी की।

□

रूपसिंह चौधरी या चौधरी रूपसिंह एक ही व्यक्ति के नाम हैं। आपको नाम से लगेगा कि कहीं के जागीरदार या जमींदार हैं। नहीं-नहीं, रणजीत सिंह चौधरी के पिता रूपसिंह चौधरी उत्तर रेलवे में क्लर्क हैं।

रूपसिंह चौधरी बुलंदशहर के पास अंझिया गाँव के रहनेवाले थे। घर में बाप-दादा की थोड़ी-बहुत जमीन थी, जो कि घटते-घटते कुछ बीघा ही रह गई थी। परिवार बड़ा था, तीन बेटे और तीन बेटियाँ। अब अपनी नौकरी पर इतने बड़े कुनबे को लेकर कहाँ-कहाँ जाते। गाँव में पढ़ाई की सुविधा नहीं थी, अतः बुलंदशहर में छोटा सा घर बनवा लिया था। दस-पंद्रह दिन में एक बार आकर परिवार सँभाल लेते थे। तीनों बेटे रणजीत, रणवीर और रामवीर पढ़ाई में मेधावी और परिश्रमी थे।

पहले बच्चे माँ के सामने तो खुलकर हँस-बोल लेते थे, परंतु पिता का भय और आतंकबच्चों पर खूब रहता था। पिता चाहे घर में हों या बाहर, पिता के नाम का दबदबा छाया रहता था। इसी कारण बच्चों में अनुशासन भी बना रहता था।

तीनों बेटों की पढ़ाई के लिए माता-पिता का त्याग देखा था। रणवीर अंकल प्रायः बातों-बातों में कहा करते थे, ''हमने कभी अम्मा-बाबूजी को साथ-साथ बैठे, बतियाते देखा ही नहीं। दोनों का परस्पर हँसना, मुसकराना या हाथ पकड़ने का तो प्रश्न ही नहीं उठता था। बाबूजी की सख्ती का तो यह

आलम था कि उनकी आवाज से सब काँप उठते थे।''

रणजीत बड़ा बेटा होने के कारण गुस्सैल और सख्त स्वभाव का था। रामवीर छोटा और माँ का लाड़ला। परंतु रणवीर दोनों के बीच सेतु का काम करता था।

इंटर की परीक्षा आरंभ होनेवाली ही थी। दोस्तों ने 'संगम' पिक्चर देखने का निश्चय कर लिया। रणवीर की जेब में दो रुपए थे। उन दिनों फर्स्ट क्लास का टिकट डेढ़ रुपए था। आठ आने में एक चाय और सिगरेट आ जाती थी। तो रणवीर पिक्चर देखने के बाद रेलवे स्टेशन के बाहर चौराहे पर दोस्तों के साथ सिगरेट के गोले उड़ा रहे थे। अचानक बाबूजी सामने से आते दिखाई दिए। यह क्या, बाबूजी को तो कल आना था। अब डर के मारे रणवीर के मुँह में दबी सिगरेट काँपने लगी।

कहीं बाबूजी ने देख लिया तो?

डर के मारे पूरी-की-पूरी सिगरेट मुँह के अंदर⋯। बाद में चाहे कितनी ही खाँसी आई, जी मिचलाया, परंतु उस समय तो सिगरेट निगल ही ली थी।

रणवीर अंकल ने एक बार बचपन की बातें याद करते हुए प्रायः इस घटना का उल्लेख किया था।

''रणजीत भैया तो हमसे दूरी बनाकर रखते थे। उनके शौक-मिजाज हमें पता नहीं थे।''

पापा प्रायः अपने सुपर बॉस के विषय में जानने के लिए उत्सुक रहते थे।

□

रणजीत चौधरी की दृष्टि में पारिवारिक एकता, मर्यादा और गरिमा विशेष महत्त्व रखती थी। घर के ज्येष्ठ और योग्य पुत्र को अपने परिवार में विशेष महत्त्व मिलता था। छोटे भाई-बहन, भानजे-भतीजे, चाचा-बुआ, मामा-मौसी ही नहीं, दूर के रिश्ते के भाई-बहनों के लिए भी रणजीत सिंह चौधरी विशेष आदर के पात्र थे।

रणवीर चौधरी की पत्नी रुक्मिणी प्रायः जताया करती थीं—''बड़े भाई साहब की राय के बिना हम कोई बड़ा निर्णय नहीं लेते हैं।'' और

रणजीत सिंह चौधरी द्वारा स्थापित घर की परंपरा, मर्यादा और एकता के मापदंड को पूरा करने का दायित्व रत्नाजी पर था। रत्नाजी ही परिवार के सुख-दु:ख में सम्मिलित होती थीं। रणजीत सिंह चौधरी तो विशेष अवसर पर कम समय के लिए ही पहुँचते। जैसे भात देने के समय पहुँचकर रत्नाजी की बगल में खड़े होने का सौभाग्य रत्नाजी को देकर चले जाते।

वैसे तो रणजीत चौधरी डी.जी.पी. पुलिस थे। परंतु उत्तर प्रदेश ही नहीं, दिल्ली, मुंबई, कश्मीर और हांगकांग तक जाना उनके लिए सामान्य सी बात थी।

रत्नाजी अपनी बातों से जताया करती थीं, ''साहब तो बहुत व्यस्त रहते हैं। मैं बच्चों को साथ लेकर पहले ही चली जाती हूँ। साहब तो शोक में या शादी-ब्याह में आखिरी टैम तक पहुँच पाते हैं।''

रत्नाजी को आगे करके रणजीत सिंह चौधरी कुटुंब के अगुआ बने रहते। बच्चों को यही लगता कि पापा व्यस्त होते हुए भी परिवार का कितना ध्यान रखते हैं।

□

पापा प्राय: बातों-बातों में बताया करते थे, ''रणजीत चौधरी की स्थिति ऐसी है जैसे वन में शेर। इतनी दहशत, इतना भय, इतना आतंक किसी अधिकारी ने नहीं फैलाया होगा। क्या मजाल कि कोई अधिकारी रणजीत सिंह चौधरी की ओर आँख उठाकर भी देख ले।''

कभी-कभी रणजीत चौधरी की तुलना हिटलर से की जाती है। उनका नाम जुबाँ पर आते ही अधिकारियों के चेहरे सफेद पड़ जाते हैं। ऊपर से घुन्ना, शांत और स्थिर दिखनेवाला अधिकारी भीतर-ही-भीतर कितना निरंकुश और आततायी है, यह तो वही बता सकते हैं जिनका रणजीत सिंह चौधरी से पाला पड़ा है।

प्रजातंत्र में यह कैसे संभव है। जहाँ प्राय: सभी अधिकारियों की कहीं-न-कहीं पहुँच होती है, वहाँ मात्र एक अधिकारी सब कानूनों को अनदेखा कर विभाग का सर्वेसर्वा और कानून से ऊपर पहुँच जाए।

रणजीत चौधरी ने नेहरू, इंदिरा गांधी या राजस्थान में सुखाड़िया के समक्ष ऐसा क्या किया कि जिससे अनेक वर्षों तक उनका एकच्छत्र, अकंटक राज स्थापित हो गया। रणजीत चौधरी ने मुख्यमंत्री, मुख्य सचिव, गृहमंत्री, गृह सचिव आदि को खिला-पिलाकर निद्रामग्न कर रखा था। उनके उद्योगपति करोड़पति मित्र मुरारका राजनीति में हो रही हलचल का पूरा ब्योरा रणजीत चौधरी तक पहुँचाते रहते थे। सत्ता के नेता ही नहीं, विपक्ष के नेता भी रणजीत चौधरी के अधीन रहते थे। स्थानीय विधायकों और सांसदों की तो बात ही क्या। प्राय: लखनऊ से दूर दिल्ली या अन्य आरामगाहों में रणजीत चौधरी की ओर से आयोजन होते रहते। जिस स्तर के लोगों को घेरना होता था उसी स्तर का आयोजन होता और उसी के अनुसार रणजीत सिंह चौधरी की उपस्थिति निर्धारित होती। नहीं तो उनके निकटतम सहयोगी ही मिल लिया करते थे। पत्रकार, मीडिया ऐसे समाचार छापने के लिए लालायित रहते हैं और रणजीत चौधरी की सूक्ष्म दृष्टि यह पहचानती थी। इसीलिए रणजीत चौधरी घेराबंदी के कार्यक्रम राजधानी से दूर अज्ञात स्थानों पर करते थे। उत्तर प्रदेश का अल्मोड़ा, कौसानी, नैनीताल, लैंडलाइन के ऐशगाह, कोटद्वार का जिम कॉर्बेट पार्क, अलवर का सिरस्का, सवाई माधोपुर की गेम सेंट स्कैंट्री, हरियाणा का सोहना, बड़खल और सूरजकुंड आदि-आदि अनेक ऐशगाह रणजीत सिंह चौधरी जैसे लोगों की मिल्कियत की कर्मभूमि बने तो इसमें कोई अतिशयोक्ति नहीं। रणजीत चौधरी वहाँ हों-न-हों, परंतु उनका काम अवश्य होता था।

जब ऊपर के मोरचे सधे हुए होते हैं तो नीचे के मोरचे सँभालने में कठिनाई नहीं आती है। डी.जी.पी. बनने के बाद सबसे पहला काम रणजीत चौधरी ने यह किया कि उत्तर प्रदेश के सभी जनपदों में अपने विश्वसनीय सहयोगियों को नियुक्त किया। कानपुर में आई.जी. कामत, लखनऊ आई.जी. देशपांडे, वाराणसी आई.जी. अस्थाना, इलाहाबाद आई.जी. कुलश्रेष्ठ, आगरा आई.जी. मल्होत्रा और बरेली आई.जी. स्वामीनाथन आदि-आदि··· । ये सभी पुलिस अधिकारी या तो रणजीत चौधरी के मित्र हैं या परम सहयोगी; परंतु

सभी की पहुँच उनके अंतरंग परिवेश में होती है। अब चैनल ऊपर से नीचे तक सुगमतापूर्वक चलने लगा था, रुकावट पैदा करनेवाला कोई नहीं था। कामत अंकल को पापा प्रिय थे। कारण चाहे जो रहा हो, कामत अंकल पापा को सरल-सहज, मेहनती अफसर मानते हों या अव्यावहारिक और कुछ बेवकूफ किस्म का व्यक्ति मानते हों, प्रेम या सहानुभूति कुछ भी रखते हों; परंतु पापा उनके निकट के सहयोगी माने जाते थे। अंकल पापा को सदैव 'पंडित' कहकर संबोधित करते थे।

एक बार कामत अंकल लखनऊ आए तो मम्मी ने तीन कमरों के मकान में उन्हें रात्रिभोज के लिए आमंत्रित किया। कामत अंकल हम सबसे बहुत स्नेहपूर्वक मिले। हमारी बचपन की बातें याद करके हमें हँसाते रहे। स्वाति बचपन में बहुत ही हाजिर-जवाब थी। अंकल उसे 'सवा तीन' कहते थे।

स्वाति के सिर पर हाथ फेरते हुए बोले, ''हमारी सवा तीन तो अब साढ़े तीन हो गई है।''

मेरे कॉलेज के विषय में पूछा, शाश्वत इंजीनियरिंग में प्रवेश की तैयारी में लगा था। उसे भी खूब मेहनत करने का परामर्श दिया। खाना खाकर कॉफी की चुस्कियाँ लेते हुए कामत अंकल पुलिस विभाग के खट्टे-मीठे किस्से सुनाते रहे।

''यार पंडित, तुम तो राजधानी में रहकर भी लगता है, लखनऊ में नहीं रहते हो। दुनिया की खबर भी रखा करो।''

मम्मी ऐसे अवसर को नहीं छोड़ती थीं।

''हाँ भाई साहब, समझाइए इन्हें। मात्र अपना काम करते रहने से ही बात नहीं बनती। सब बातों से मतलब रखना पड़ता है।''

पापा मम्मी की बात सुनकर झुँझला जाते।

''कीचड़ में पत्थर फेंकोगे तो गंदगी हम पर ही आकर पड़ेगी। मैं विभाग की कीचड़ से दूर ही रहना चाहता हूँ।''

''तो कामत साहब, लखनऊ में कोई विशेष काम था? आई.जी. की मीटिंग थी क्या?''

"भई पंडित, हम तो थैली चढ़ाने आते हैं।"

"तुमने कभी रणजीत सिंह चौधरी साहब का दरबारे खास देखा है? बादशाह जहाँगीर के दरबार की क्या शान थी जो डी.जी.पी. साहब के दरबार की होती है। ये आधुनिक युग के राजे-महाराजे हैं। किसी कवि ने ठीक ही कहा है—

रियासत तो चली गई,
मगर सियासत बाकी है।
जोड़-तोड़ की होड़ मची है,
जमकर नए नवाबों में॥"

"लेकिन सर! आजकल सरकारी बँगलों में कहाँ की शान-शौकत! ठीक है, डी.जी.पी. साहब की कोठी विशाल है; परंतु पत्रकार, मीडिया, विरोधी दल सभी ऐसे ही समाचारों की ताक में रहते हैं। चौधरी साहब का दरबारे-खास अब तक समाचार-पत्रों की सुर्खियों से कैसे बच पाया?"

कामत अंकल हँस पड़े।

"तुम्हें क्या लगता है कि रणजीत सिंह चौधरी बीच राजधानी के चौक में दरबार लगाएँगे। अरे पंडित, क्या डी.जी.पी. साहब इतने कच्चे खिलाड़ी हैं! वह सधे हुए निशानेबाज हैं। चौधरी साहब की महफिल सजती है सुदूर गेस्ट हाऊस, रिसोर्ट (आरामगाह) या घने जंगलों में, यानी Game Scantares में।"

पापा को कामत अंकल की बात बहुत रास नहीं आई। एक बार अंकल शुरू हो जाते हैं तो थमने का नाम नहीं लेते हैं।

"भई पंडित, राजधानी में रहते हो, हैड ऑफिस के आस-पास के समाचारों की जानकारी रखा करो। अभी तो तुम्हारी पदोन्नति हुई है। ऑफिस में दो-तीन साल तो रुकना ही पड़ेगा। बस जल्दी ही फील्ड में स्थानांतरण करवा लेना। भई, ऑफिस की नौकरी तो क्लर्क की नौकरी होती है।"

मम्मी की दुखती रग छू गई, "हाँ भाई साहब, लखनऊ आकर तो परेशानी-ही-परेशानी है। सरकारी बँगले खाली नहीं हैं। पहुँचवालों ने हथिया

रखे हैं। अब हमारे पास तो न चैक है और न ही जैक है। इससे तो बहुत अच्छे हम मेरठ में थे।''

पापा को कामत अंकल और मम्मी की बातें असहनीय हो रही थीं। वे इन्हें विराम देना चाहते थे, ''ऐसा है सर, हमारी किसी से कोई शत्रुता नहीं है। फिर रणजीत सिंह चौधरी से तो बिलकुल ही नहीं। उनके छोटे भाई रणवीर सिंहजी से तो हमारे घरेलू संबंध हैं। डी.जी.पी. साहब की बेटी मैत्रेयी स्तुति के साथ पढ़ती है, दोनों में अच्छी मित्रता है। अभी तक बिना सिफारिश के प्रमोशन भी हुए हैं और अच्छी पोस्टिंग भी मिली हैं। काम भी अच्छा किया है और रिपोर्ट्स भी प्रशंसनीय मिली हैं।''

पापा के कंधे पर हाथ रखकर कामत अंकल ने उठते हुए कहा, ''पंडित, अब समय बदल गया है। योग्यता के मापदंड बदल गए हैं। पहचान-दोस्ती, घरेलू संबंध—ये सब धन के आगे अर्थहीन हो गए हैं।''

कामत अंकल की बातों का प्रभाव धीरे-धीरे दिखाई देना आरंभ हो गया। जो रणवीर अंकल पापा के परम मित्र थे, अब लखनऊ आकर बिना मिले भी चले जाते थे। स्वाति, स्वस्ति की नई सहेलियाँ बन गई थीं। मेरठ में जुड़े आत्मीयता के तंतु शिथिल हो रहे थे। अस्मिता के पास भी नया सुनाने के लिए कुछ नहीं था।

समय करवट ले रहा था और हम सब न चाहकर भी महानगर की भीड़ में चलने के लिए विवश थे। राजधानी लखनऊ में पापा के इस पद की कोई विशेष गरिमा नहीं थी। यहाँ तो हर सहेली के पिता एक-से-एक बढ़कर उद्योगपति, मंत्री, डॉक्टर और अफसर थे।

शैलजा प्रतिवर्ष अपनी बहन के पास अमेरिका घूमने जाती है। उसके पिता बड़े उद्योगपति हैं। वह न्यूयॉर्क में अपने कपड़े खरीदती है। सुष्मिता अवध क्लॉक्स ग्रुप के एक मालिक की बेटी है। उसे यूरोप पसंद है। वह प्राय: खरीदारी इंग्लैंड में करती है। अनुश्री के पापा लखनऊ के प्रसिद्ध डॉक्टर हैं। वह बंबई जाकर अपने कपड़े खरीदती है।

तो क्या मैं अपनी सहपाठिनों से ईर्ष्याग्रस्त थी ? नहीं-नहीं, इनसे मेरी

प्रतिस्पर्धा नहीं थी। हमारा सामाजिक परिवेश भिन्न था। परंतु जब मैं अपनी साइकिल को विश्वविद्यालय में बने साइकिल स्टैंड पर रखकर अपनी कक्षा की ओर जाती, उसी समय कविता की कार पोर्टिको में आकर रुकती। ड्राइवर दरवाजा खोलता तो पता नहीं क्यों मेरे मन में वेदना की लहर-सी गुजर जाती। इधर कार से सजी-धजी कविता उतरती, उधर रास्ते की हवा और धूल से विभूषित मैं साइकिल से उतरती। मेरा हृदय इस समीकरण को समझ नहीं पाता, स्वीकार नहीं कर पाता।

□

पापा प्राय: पुलिस विभाग के धूमकेतुओं के विषय में बताया करते थे। राजेंद्र नारायण मल्होत्रा (यानी आर.एन.) पापा के दो बैच जूनियर थे। उनके श्वसुर हरिनारायण खन्ना अनेक वर्षों तक राज्य के गृह मंत्री रह चुके थे। अपनी इसी योग्यता के बल पर आर.एन. ने अपार संपदा बटोरी और अपने से वरिष्ठ अनेक अधिकारियों को परास्त कर शीघ्र ही आई.जी. के पद पर आसीन हो गए। अब विभाग में उन्हें कौन छेड़े, इसीलिए रणजीत सिंह चौधरी भी आर.एन. मल्होत्रा को नहीं छेड़ सकते थे। वे उनके अंतरंग मित्रों में से थे।

यह विधि का लेख ही था कि मेरा प्राय: कविता से सामना होता रहता। वैसे तो उस दिन के बेहद उत्साहहीन रूखे वार्त्तालाप ने कविता से बातचीत के द्वार बंद कर दिए थे। परंतु मैं साइकिल से उसी प्रकार कॉलेज आती रही जिस प्रकार कविता अपनी कार में सज-धजकर।

मेरा किशोर मन समता-विषमता, न्याय-अन्याय, योग्यता-अयोग्यता के गणित में उलझा रहता। उसके पापा और मेरे पापा समकक्ष हैं, फिर भी इतनी विषम स्थिति, इतना अंतर! यह अंतर किसी योग्यता के कारण तो नहीं है। न ही यह धन परिश्रम या गुण के द्वारा अर्जित किया है।

दादीजी हमें शास्त्रों के प्रसंग सुनाया करती थीं—''बेटा, दुराचार से अर्जित धन की गति भी अधम होती है। 'गीता' में लिखा है कि कर्मों का विधान अटल है।'' परंतु मेरा अस्थिर मन दादीजी के दर्शन पर ठहर नहीं पाता था। इस संपदा की नियति क्या होगी, यह मैं देख नहीं पाती और कविता सदैव

मेरे न्याय-अन्याय की तुला पर बैठी रही।

□

मैत्रेयी भी तो मेरी कक्षा में पढ़ती थी। इतिहास हमारा कॉमन विषय था। वह तो हम साथ ही पढ़तीं, हमारी अन्य कक्षाएँ भी पास-पास के कमरों में लगा करती थीं। अत: उससे भेंट हो जाया करती थी। मैत्रेयी का वैभव मेरा मन स्वीकार कर चुका था। और हो भी क्यों नहीं, वह रणजीत सिंह चौधरी की बेटी थी। डी.जी.पी. रणजीत सिंह चौधरी की बेटी···एक सशक्त, अति शक्तिशाली, आततायी की सीमा तक प्रभावशाली, पुलिस विभाग के सर्वोच्च अधिकारी की बड़ी बेटी! वह रणजीत सिंह चौधरी, जिसने मार्ग के छोटे-बड़े कंटकों को, अवरोधों को हटाकर अपना मार्ग निष्कंटक कर लिया।

मम्मी प्राय: मेरठ की वह संध्या स्मरण करती थीं, जब ज्योतिषी मिश्राजी ने रत्ना चौधरी का हाथ देखकर चौधरी साहब के दस वर्ष के अखंड राजयोग की भविष्यवाणी की थी।

पापा प्राय: लंबी साँस लेकर कहते, ''अभी तो राजयोग आरंभ ही हुआ है। मात्र दो वर्ष व्यतीत हुए हैं। पता नहीं अगले आठ वर्षों में किस पर क्या कहर टूटेंगे। दो वर्ष पूर्व सन् १९७५ में ही तो रणजीत चौधरी डी.जी.पी. बने हैं।''

हाँ, तो मैत्रेयी का प्रसंग चल रहा था। रणजीत सिंह चौधरी ने एक कार और एक ड्राइवर पूरी तरह मैत्रेयी को सुपुर्द कर रखा था। अपनी काली फिएट में ड्राइवर को पीछे बैठाकर पूरे नगर में हिरणी की तरह उसकी कार कुलाँचें भरती। लखनऊ विश्वविद्यालय के कैंपस (परिसर) में मैत्रेयी की कार तीर की तरह घुसती और झटके से क्लास के सामने रुकती, सधे हुए निशाने की तरह। मैत्रेयी की तेज गति से कार चलाने और झटके से ब्रेक लगाने की आदत से सब परिचित थे।

लेकिन मैत्रेयी कविता मल्होत्रा की तरह अहंकार के दंश से डसी हुई नहीं थी। वह जब भी मिलती, हँसते-खिलखिलाते हुए मिलती। आत्मीयता से बातें करती। सामनेवाले की अस्मिता का ध्यान रखती।

''स्तुति, क्या क्लास से सीधे चली आ रही हो? भई, इतना मत पढ़ा करो।''

''कभी घर पर आना। मैं आजकल ईकेबाना सीख रही हूँ। तुम भी साथ चलो, खूब मजा आएगा।''

''कोई नई सहेली बनी या नहीं?''

जब भी साथ चलने की बात आती तो मैं असमंजस में पड़ जाती। मेरी साइकिल और मैत्रेयी की कार साथ-साथ कैसे चलेगी?

मैत्रेयी मेरी अन्यमनस्कता को विराम देती, ''मैत्रेयी, मेरा भी बहुत मन करता है साइकिल चलाने का। परंतु पापा परमीशन ही नहीं देते हैं।''

मैं मन-ही-मन मुसकराती—जब मई-जून की चिलचिलाती धूप में साइकिल चलानी पड़ेगी तो पता चलेगा। जब चढ़ाई पर साइकिल चलाते-चलाते साँस फूल जाएगी तब पता चलेगा।

न चाहते हुए भी मैं मैत्रेयी की मित्र-मंडली में सम्मिलित हो गई। यों तो हम दोनों के क्षेत्र अलग-अलग थे, बातें अलग-अलग परंतु हम दोनों प्राय: परस्पर टकराती रहतीं, एक-दूसरे को जानने का, समझने का प्रयास करतीं।

मेरे पास तो नया कुछ होता नहीं था; लेकिन मैत्रेयी की दिनचर्या उत्साह, रोमांस और नवीनता से परिपूर्ण रहती।

''आज मैं उस नए रेस्त्राँ में गई।''

''हजरतगंज में नई प्रदर्शनी लगी है। वहाँ हैदराबाद का क्रिस्टल और मोती के बहुत से जेवर हैं। देखो, मैंने तो खूब खरीदारी की है।''

''आज स्टूडियो में मेरा फोटो सेशन था। मैं तो प्रति माह फोटो खिंचवाती हूँ। जब तुम घर आओगी तब मैं अपना एलबम दिखाऊँगी।''

''अगले महीने मैं बंबई जा रही हूँ।''

आदि-आदि···मुझे तो यही लगता कि इकतरफा पूर्वा चल रही हो। मैं सदैव अपनी बेमेल मित्रता पर प्रश्नचिह्न लगाती। मैत्रेयी को मुझसे मिलकर क्या मिलता होगा? मेरी दिनचर्या में तो कोई विशेष उत्साह, नवीनीकरण, रोमांस था नहीं। परंतु मैत्रेयी जैसी लड़कियों को सदैव स्तुति जैसी लड़कियों

की मित्रता की आवश्यकता होती है, उन्हें अपनी रंगीली-रसीली जिंदगी के किस्से सुनाने के लिए।

□

कभी-कभी गाँव से बाबाजी हमारे घर महीने-दो महीने के लिए रहने आ जाते। वैसे तो बाबाजी गुरु के पास एक गाँव में रहते थे। व्यवसाय से कथावाचक, कर्म से समाज-सेवी और मन से ईश्वर-अनुरक्त थे। बाबाजी के सरल जीवन में मुझे बहुत आकर्षण दिखाई देता था। उन्हें पापा के शहरी जीवन और पुलिस अधिकारी के ठाट-बाट में कोई विशेष रुचि नहीं थी, परंतु जानने की जिज्ञासा अवश्य रहती थी। यह कहूँ कि अपने परिवेश से बाहर जुड़ने का माध्यम भी पापा का ही जीवन था तो इसमें कोई अतिशयोक्ति नहीं होगी।

''सत्येंद्र, डी.आई.जी. बनकर कैसा अनुभव हो रहा है? हमारे घर क्या, गाँव में भी दूर-दूर तक कोई इस पद पर नहीं पहुँचा। किसी ने इतनी प्रगति नहीं की है। परंतु लगता है कि मेरठ में तुम्हारे पास अधिक सुख-सुविधाएँ थीं। यहाँ वह बात नहीं है।''

प्रायः सरकारी अधिकारी का मापदंड नौकर-चाकर, बड़े-बड़े बँगलों से मापा जाता है।

पापा फीकी हँसी हँसकर बोले, ''पिताजी, अब सरकारी नौकरी और विशेषकर पुलिस विभाग में बहुत कीचड़ आ गई है। राजनीतिकों, नेताओं, आपराधिक लोगों का बहुत हस्तक्षेप होने लगा है। हम सब चाहते, न चाहते हुए भी इस कीचड़ में फँस रहे हैं।''

पापा ने बाबाजी को रणजीत चौधरी के विषय में बताया। पूरे विभाग में भ्रष्टाचार किस तरह चरम सीमा पर पहुँच गया है। रणजीत सिंह चौधरी अपनी गद्दी सुरक्षित रखने के लिए और अपना दबदबा व आतंक बनाए रखने के लिए किस सीमा तक गिर सकता है। सभी अधिकारियों के विरुद्ध मनगढ़ंत केस बना-बनाकर फँसाना चाहता है।

''तुमने तो सदैव लगन और ईमानदारी से अपना काम किया है। सदा

अपने काम से मतलब रखा है, किसी गुटबाजी में नहीं फँसे हो। तुम्हारी स्थिति तो सुरक्षित है?''

लगता है कि बाबाजी भी भीतर-भीतर आशंकित हो रहे थे।

''अभी तो सुरक्षित है। वैसे भी रणजीत चौधरी के छोटे भाई रणवीरजी मेरे पुराने मित्र हैं। उनकी बेटी मैत्रेयी भी स्तुति के साथ पढ़ती है। दोनों अच्छी सहेली हैं। परंतु आज के वातावरण में कुछ भी नहीं कहा जा सकता।''

बाबाजी ने गहरी साँस लेकर कहा, ''लगता है, महाभारत काल की पुनरावृत्ति हो रही है तुम्हारे विभाग में। कौरव राज चल रहा है वहाँ पर। जिस तरह दुर्योधन ने आस-पास के समस्त राजाओं को परवश कर रखा था···। कर्ण जैसे सुयोग्य वीर को भी कायर और दुराचारी बनाकर अपने अधीन कर रखा था, जो विदुर जैसे महान् नीतिज्ञ मंत्री की अवहेलना कर शकुनि जैसे कपटी का अनुसरण करता था, जो राजकीय कोष को अपनी लालसा और विलास के लिए लुटाता है, वही आजकल तुम्हारा रणजीत चौधरी कर रहा है। धृतराष्ट्र अपने पुत्र को राजा बनाने के लिए कोई भी मोल देने को तैयार था···। वह संपूर्ण राष्ट्र को दाँव पर लगा सकता था। उसी प्रकार रणजीत चौधरी के ऊपर बैठे अधिकारी, मंत्री और नेता आदि आँखें मूँद उसका साथ दे रहे हैं। यह अंधानुकरण ही तो है। सब ओर दुर्योधन और धृतराष्ट्र ही हैं।''

पापा बोले, ''सही बात है, पिताजी! आज रणजीत चौधरी के चारों ओर उनके चहेते लोगों का जमघट है। उन्होंने मुख्य पद पर अपने प्रिय, भ्रष्ट अधिकारियों को नियुक्त कर रखा है। पता नहीं अपने से ऊपर के लोगों पर क्या जादू कर रखा है कि कोई भी चौधरी के विरुद्ध एक शब्द नहीं बोल सकता।''

अचानक मैं बीच में टपक पड़ी, ''तो बाबाजी, आजकल पांडव कहाँ हैं? और कृष्ण भगवान्···उनका तो कहीं पता नहीं है। वे अवतरित भी हुए हैं या नहीं, इस कलियुग में तो खैर क्या आएँगे!''

वैसे तो पापा-मम्मी के कड़े निर्देश थे कि बच्चे बड़ों के बीच में न बोलें; परंतु रणजीत चौधरी का व्यक्तित्व, राजपाट, उनसे प्रताड़ित अधिकारियों

के अफसाने प्राय: हमारे घर खाने की मेज पर गूँजा करते थे। हम चाहकर भी उन्हें अनसुना नहीं कर सकते थे।

बाबाजी ने बहुत कुशलता से उत्तर दिया, "बेटा, इस समय कौरव राज के सितारे बुलंद हैं। अत: पांडव बारह वर्ष के अज्ञातवास पर हैं। तुमने रणजीत चौधरी के दस वर्ष के अटल राजयोग की भविष्यवाणी की बात बताई है। तो बेटा, अवधि समाप्त होने पर पांडव किसी भी रूप में बाहर निकल जाएँगे। और रही श्रीकृष्ण की बात, तो यह आवश्यक नहीं कि वे धरती पर अवतरित होकर ही धर्म की रक्षा या दुष्टों का विनाश करें, ईश्वर तो अदृश्य होकर भी अपना कार्य करता रहता है।"

□

सोलह वर्षीया स्तुति, चौदह वर्षीय सनातन, बारह वर्षीया स्वाति और आठ वर्षीया स्वस्ति ने पापा के लखनऊ स्थानांतरण काल में जीवन के अनेक सत्यों से साक्षात्कार किया। मम्मी जहाँ पैसों की किल्लत, महँगाई और नौकरों की कमी से त्रस्त रहती थीं, वहीं पापा शीघ्रातिशीघ्र रणजीत चौधरी की छाया से दूर निकल जाना चाहते थे।

मम्मी प्राय: पुरानी पोस्टिंग्स याद करती थीं—"इससे अधिक ऐश-आराम तो तुम्हारे पापा की पुरानी पोस्टिंग्स में थे। हमारा शाहजहाँपुर का घर, मेरठ की कोठी कितनी बड़ी थी। बलिया कोठी में तो पाँच-छह बीघा जमीन थी। चार-चार गायें थीं। उनसे दूध-घी खूब होता। खेती भी करवाते थे। रिश्तेदारों तक भी सामान भिजवाते थे।"

हम भाई-बहन भी महानगर में रहते हुए जब अपनी इच्छाओं पर अंकुश लगते देखते तो हमें भी पुराने दिन याद आते। पहले जब हम पापा के साथ लखनऊ आते तो खूब शॉपिंग करते, नई रिलीज हुई मूवी देखते, ब्यूटी-पार्लर में बाल कटवाते, मौज-मस्ती होती।

पापा-मम्मी हम पर अंकुश लगाते, परंतु कविता मल्होत्रा पर तो कोई अंकुश नहीं था। और मैत्रेयी की बात तो अलग थी, वह तो रणजीत चौधरी की बेटी थी। धीरे-धीरे सारे रहस्य खुल रहे थे। समाज की विषमता का समीकरण

हम समझ रहे थे। पुलिस विभाग के आंतरिक पक्ष से हम परिचित हो रहे थे।

पापा मम्मी को समझाते हुए कहते, ''देखो, पदोन्नति के बाद जो भी पद मिलता है, पोस्टिंग मिलती है वहीं जाना पड़ता है। पदोन्नति के बाद फील्ड की नहीं, ऑफिस की पोस्टिंग मिलती है। एक-दो साल बाद दूसरे शहर में ट्रांसफर करवा लेंगे।''

हम सब प्राय: खाने की मेज पर पापा के चेहरे पर अन्यमनस्कता एवं चिंता की लकीरें देखते। मानो पापा दूसरों के साथ हो रहे अन्याय के साक्षी हों या स्वयं को भविष्य में अन्याय से पीड़ित होते देख आतंकित हो रहे हों।

''अब वह जमाना नहीं रहा जब मात्र अपने काम से काम रखने से काम चल जाता था। अब तो आस-पास भी आँखें खोलकर देखते रहना पड़ता है। पता नहीं कौन-क्या षड्यंत्र रच रहा है।''

''अब तुम भी ये हथकंडे सीख लो। इसे राजधानी की भेंट ही मान लो।'' मम्मी सदैव की तरह समझातीं।

पापा झुँझला जाते, ''तुम भी एक ही राग अलापती हो। पता है, रणजीत चौधरी ने अपने ऊपरवालों को सुला रखा है और अपने से नीचेवालों को रुला रखा है। उसके कमीनेपन की सीमा नहीं है। वह ढूँढ़-ढूँढ़कर लोगों के खिलाफ केस बनाता है। उन्हें फँसाना चाहता है। इस समय हम सबके लिए यही हितकारी है कि हम समय बीतने की प्रतीक्षा करें। जितना शीघ्र हो सके, यहाँ से दूर झाँसी, गोरखपुर या कहीं और पोस्टिंग करवा लेंगे।''

मम्मी की आँखों के सामने डी.जी.पी. कामत की बरेलीवाली कोठी घूमा करती थी। अंग्रेजों के जमाने में 'कलक्टर की कोठी' कहलाती थी। कलक्टर यानी कर वसूली करनेवाला। अंग्रेजों ने भारत में कर-वसूलने के अतिरिक्त कुछ किया ही नहीं। जब देश पूरी तरह लुट चुका तो देश छोड़कर चल दिए। रह गईं खाली कोठियाँ।

अब कलक्टर का हिंदी रूपांतर इतने महत्त्वपूर्ण पद के लिए उचित नहीं लगता था, इसलिए 'कलक्टर' शब्द ही हिंदी ने स्वीकार कर लिया। कालांतर में 'जिलाधीश' नाम इस पद को दिया गया, परंतु जो ठसका और

रुतबा 'कलक्टर' नाम में है वह किसी और संबोधन में नहीं।

अतः अंग्रेजी राज की सौ साल पुरानी कलक्टर की कोठी अब 'डी.आई.जी. साहब की कोठी' कहलाती है। कुछ लोग इसे अब भी 'कलक्टर की कोठी' कहते हैं।

डी.आई.जी. कामत की कोठी में टेनिस कोर्ट, स्वीमिंग पूल, ऊँची-ऊँची छत, संगमरमर के चिकने खंभे और उनपर खड़े बड़े-बड़े कमरे…। लगभग दस कमरों की कोठी थी। प्रवेश में गोल घूमती हुई सड़क, जिस पर दोनों ओर से गाड़ियों का आवागमन हो सकता था, बीच में फव्वारा और चारों ओर फूलों की क्यारी। उस कोठी में जाते ऐसा अनुभव होता कि राजमहल में प्रवेश कर रहे हैं। पापा के प्रमोशन के पीछे ऐसी कोठियों में रहने की अव्यक्त लालसा भी छिपी हुई थी।

□

जहाँ पापा-मम्मी लखनऊ में अपने दिन पूरे कर रहे थे, वहीं हम भाई-बहन महानगर के स्वच्छंद जीवन का आनंद लूटना चाह रहे थे। स्वाति मिसेज देशपांडे की कुकिंग क्लास लेना चाहती थी। सनातन जूडो सीखना चाहता था। मैं कला-निकेतन में वायलिन सीखना चाह रही थी। हम ४० इंच मोहरी की पैंट और कसी हुई स्कीवी पहनकर बड़े-बड़े सन ग्लास लगाकर घूमना चाहते थे। मेयफेर में लगी हर नई मूवी देखना चाहते थे।

लेकिन अभी तो पापा को लखनऊ आए हुए एक वर्ष ही हुआ था। ऊपर से देश में आपातकाल की स्थिति थी और आपातकाल में सब सरकारी कर्मचारियों की साँस ऊपर की ऊपर तो नीचे की नीचे रहती। साँस चढ़ती-उतरती मुश्किल से ही थी। पता नहीं कब क्या धमाका हो जाए, किसके साथ क्या हादसा हो जाए।

जून के ऐतिहासिक दिवस प्रधानमंत्री इंदिरा गांधी ने पूरे देश में आपातकाल की घोषणा की। अपनी उद्घोषणा में प्रधानमंत्री ने संपूर्ण देश में अनुशासन स्थापित करने, भ्रष्टाचार को दूर करने और सरकारी तंत्र की मरम्मत करने का आश्वासन दिया। अब जनता के सामने आपातकाल को

न्यायसंगत तो ठहराना ही था। समस्त संवैधानिक अधिकार अपने हाथ में लेने के बाद प्रधानमंत्री ने समस्त विभागों के कर्मचारियों को अनुशासित करने का अभियान चलाया। अत: घोषणा की गई कि संपूर्ण सरकारी तंत्र को अनुशासित किया जाए। सबका ऑफिस में दस बजे पहुँचना अनिवार्य था, ९ बजकर ४५ मिनट रजिस्टर में हाजिरी लगानी आवश्यक थी। इसके साथ-साथ सब विभागों के मुख्य प्रशासकों को अपने-अपने विभाग के नकारा, भ्रष्ट और अयोग्य कर्मचारियों तथा अधिकारियों की सूची बनाने को कहा गया। उन्हें अपने विभाग से निकाल फेंकना चाहिए।

इंदिरा गांधी ने यह आदेश ऊपर से उछाल दिया और केंद्र में उनके अधीन मंत्रियों ने कैच कर लिया। अब यह आदेश मंत्रियों ने उछाला और विभाग के सचिवों ने कैच किया और केंद्र से मुख्य सचिव ने सभी राज्यों के सचिवों की ओर यह आदेश उछाल दिया और आदेश की यह कंदुक अंतत: रणजीत सिंह चौधरी जैसे विभाग प्रमुखों के हाथों में आ पहुँची। अब यह आपातकाल का प्रभाव मानें या रणजीत चौधरी के लिए स्वर्णिम अवसर, तुरंत अपने विश्वसनीय साथियों के साथ मिलकर विभाग के अयोग्य और भ्रष्ट अधिकारियों की सूची बनाई गई।

मेरा पूर्ण विश्वास है कि एक-दो नाम के बाद रणजीत सिंह चौधरी और उनके चहेते बगलें झाँकने लगे होंगे। उनके अंतर्मन ने कबीर की यह उक्ति अवश्य दोहराई होगी—

''बुरा जो देखन मैं चला, बुरा ना मिल्या कोय।
जो दिल खोजा आपना, मुझसे बुरा न कोय॥''

लेकिन यह कबीर का युग नहीं था, यह तो रणजीत सिंह चौधरी जैसे आततायी का युग है। व्यक्तिगत प्रतिशोध लेने का और स्वयं को अपने से ऊपर के अधिकारियों के समक्ष स्थापित करने का स्वर्णिम अवसर कैसे खो देते। कबीर यदि रणजीत सिंह चौधरी होते तो संभवत: यह लिखते—

''भला जो देखन मैं चला, भला न मिल्या कोय।
जो दिल खोजा आपना, मुझसे भला न कोय॥''

अंतत: अंतर्मन के कान बंद कर रणजीत सिंह चौधरी ने उत्तर प्रदेश पुलिस (आरक्षी) विभाग के नकारा, निकम्मे, अयोग्य और भ्रष्ट अधिकारियों की सूची बना डाली।

□

रविवार की रात पापा के पास आई.जी. कामत का फोन आया, "अरे पंडित! तुमने रणजीत चौधरी को कैसे नाराज कर दिया? नौकरी से निकाले जानेवाले अधिकारियों की सूची में तुम्हारा भी नाम है।"

"सर! यह कैसे संभव है? मेरी तो चौधरी साहब से कोई दुश्मनी नहीं है। मैंने तो कभी डायरेक्टली उनके अधीन काम भी नहीं किया है। आपको कैसे पता चला? यह समाचार सही भी है या नहीं?"

पापा को तो मानो विश्वास ही नहीं हो रहा था। कामत अंकल बोले, "नहीं-नहीं, समाचार सही है। कल रात गृह सचिव शिंदे के घर पार्टी थी। तुम तो जानते ही हो कि शिंदे मेरे भाई का साला है। वहीं पर पीने का दौर चल रहा था कि अचानक शिंदे उगल गया। बोला, 'अरे कामत साहब, आपके डी.जी.पी. साहब ने तो हमें लिस्ट थमा दी है। आपके विभाग में आठ ऐसे अधिकारी हैं, जिन्हें तुरंत टर्मिनेट करने की सिफारिश की है। बस दो-तीन दिन में ही बकरे कटेंगे।'

"मैंने बातों-बातों में पता लगा लिया कि उसमें तुम्हारा भी नाम है। लेकिन अभी फाइल लखनऊ में ही है। केंद्र की मुहर लगे बिना फाइनल (अंतिम) रूप नहीं दिया जाएगा। तुम्हारे पास दो-तीन दिन हैं। कुछ कर सको तो कर लो। अच्छा तो यही हो कि फाइल लखनऊ से बाहर जाए ही नहीं।"

पापा ने कामत अंकल को बहुत-बहुत धन्यवाद दिया। घर में क्षण भर में ही मातम का-सा माहौल बन गया। मम्मी के तो आँसू ही नहीं थमते थे। पापा झुँझलाकर बोले, "रोने से कुछ नहीं होगा। हमें पूरी कोशिश करनी होगी कि फाइल लखनऊ से बाहर न जा पाए।"

अब पापा-मम्मी परिचितों की भीड़ में कोई अपना, ऊँची पहुँचवाला

और प्रभावी मित्र खोज रहे थे। सबसे पहला नाम था आई.जी. कंसल का। कंसल अंकल ने अगले दिन सोमवार को सुबह आठ बजे आने के लिए कहा।

□

आई.जी. कंसल की उत्तर प्रदेश सरकार में ऊँची पहुँच थी। उनके पिता पुराने मंत्रिमंडल में और गृहमंत्री थे। आई.जी. कंसल भले इनसान थे। उन्हें कोई छेड़ नहीं सकता था। अत: रणजीत चौधरी या तो द्विवेदी जैसे पारदर्शी ईमानदार अधिकारियों के सामने पस्त हुए या कंसल जैसे ऊँची पहुँचवाले या जाट जैसे उन्हीं के समान गुंडे किस्म के अधिकारियों के सामने। इन सबके बीच पनप रहे विशाल वर्ग में लगभग सब अधिकारी बलि के बकरे हैं। जो बच सके बच गए और जो पकड़े गए वे कट गए। लेकिन आई.जी. कंसल के समक्ष रणजीत चौधरी दाँत किटकिटाकर रह जाते।

लखनऊ महानगर के बीचोबीच आई.जी. कंसल का पैतृक निवास था विशाल कोठी। कंसल अंकल और पापा अच्छे मित्र थे। दो–तीन जगह साथ–साथ पोस्टेड भी रहे। कभी कंसल अंकल और पापा एक ही पद पर तो कभी अंकल पापा के बॉस (वरिष्ठ) भी रहे।

पापा जब बदायूँ में डी.एस.पी. के रूप में तैनात थे तो अंकल पापा के बॉस थे। सनातन की आँख में एक बार पत्थर लग गया। स्कूल में बच्चे फुटबॉल खेल रहे थे, गेंद एक पत्थर से टकराई और पत्थर उछलकर सनातन की बाईं आँख में लगा। आँख सूज गई थी। बदायूँ में आँख का कोई विशेषज्ञ डॉक्टर नहीं था। पापा बाहर टूर पर गए हुए थे। आनन–फानन में मम्मी ने कंसल अंकल को फोन किया। तुरंत कार और पुलिस इंस्पेक्टर हाजिर हो गए और पापा वापस लौटते, उससे पहले ही सनातन को सीतापुर नेत्र चिकित्सालय ले जाया गया। उस समय ऐसे ही संबंध हुआ करते थे। तब उच्च अधिकारी अपने अधीनस्थ अधिकारियों से घर के बुजुर्ग जैसा व्यवहार किया करते थे।

उसके बाद जब पापा एस.पी. बनकर पदोन्नति पर इलाहाबाद पहुँचे तो कंसल अंकल वहाँ एंटी करेप्शन विभाग में एस.पी. थे। बिना संकोच के उनके घर ही ठहरे। कंसल आंटी ने रात में पापा का मनपसंद खाना साग और

मक्की की रोटी बनवाई। मम्मी आंटी को 'मिसेज कंसल' नहीं, 'भाभीजी' कहती थीं। चार-पाँच दिन मौज-मस्ती में बीत गए, पता ही नहीं चला। ऐसे संबंध हुआ करते थे पहले…।

आज उन्हीं कंसल अंकल के घर की कॉलबेल बजाते हुए पापा के हाथ काँप रहे थे। क्या दिन देखने को मिला है कि अपनी नौकरी बचाने के लिए अपने दोस्त के द्वार पर खड़े हैं। नौकर ने दरवाजा खोला और ड्राइंगरूम में ले जाकर बिठाया। पापा के मुँह पर सफेदी पुती हुई थी। उनका मन यह मानने को तैयार ही नहीं था कि उनका नाम टर्मिनेट होनेवाले अधिकारियों की सूची में है। पता नहीं किस पाप के कारण उन्हें यह दिन देखना पड़ रहा है। उन्हें समाचार की सत्यता पर विश्वास ही नहीं हो रहा था, परंतु मानें या न मानें, यह अन्याय तो उनके दरवाजे खड़ा है। कहाँ क्या चूक हो गई उनसे।

पाँच-सात मिनट प्रतीक्षा करने के बाद कंसल अंकल ने कमरे में प्रवेश किया। धोती-कुरता पहने और तिलक लगाए अंकल पुलिस अधिकारी कम, पंडित अधिक लग रहे थे। सुबह एक-दो घंटे पूजा करते थे।

कंसल अंकल ने हाथ पकड़कर पापा को बैठाया और पूरी बात सुनी। आई.जी. कंसल ने दो-टूक व्यावहारिक सलाह दी—

"देखो शर्मा, मेरी पहुँच राज्य सरकार में तो ठोस है। केंद्र में मैं अधिक लोगों को नहीं जानता हूँ। यहाँ मैं शिव रतन यादव गृह मंत्रीजी से मिलकर बात कर लेता हूँ। वे पिताजी के पी.ए. रह चुके हैं, यह बात तो मान ही लेंगे। एक फाइल ही तो रोकनी है।

"तुम सचिवालय में किसी को जानते हो? फाइल यादव की मेज पर पहुँचनी चाहिए और उन्हें यह पता चलना चाहिए कि वह तुम्हारी फाइल है। वह 'अस्वीकृति का नोट' लगाकर वापस भिजवा देंगे। यदि यादव की नोटिस में आए बिना फाइल आगे निकल गई तो वह केंद्र में पहुँच जाएगी। तब मैं कुछ नहीं कर पाऊँगा। हाँ, तब एक बात और, कामत से जरूर मिल लेना। शायद वह शिंदे से बात कर सके, वैसे आशा तो कम है कि वह

चौधरीजी के विपरीत जाएगा। फिर भी, अपनी तरफ से बात कर लेना।''

पापा को तो जैसे विश्वास ही नहीं हो रहा था। कल तक विभाग के कुशल अधिकारी की श्रेणी में आनेवाले पापा एक झटके में विभाग के नालायक और भ्रष्ट अधिकारियों की पंक्ति में खड़े कर दिए गए हैं। आज चारों ओर एक से बढ़कर एक भ्रष्ट अधिकारी उन्हें दिखाई दे रहे हैं, परंतु उन्हें पकड़नेवाला कोई नहीं है। वे कैसे पकड़ में आ गए? कौन सा पतित काम उनके हाथों हुआ है? उन्हें तो ध्यान नहीं। तब मैंने रणजीत चौधरी को कैसे नाराज कर दिया, यह भी उन्हें याद नहीं। इसका रहस्य भी विभाग के नारद मुनि आई.जी. कामत ने ही खोला।

मंगलवार की सुबह ही पापा आई.जी. कामत से मिले। वे तो लखनऊ आते ही रहते थे। कामत अंकल पापा के कंधे पर हाथ रखकर बोले, ''पंडित! रणजीत चौधरी की तुम्हारे साथ सीधी लड़ाई नहीं है। तुम्हें याद है, जब तुम उन्नाव में एस.पी. थे। उस समय धनराज तिलक राज्य गृहमंत्री था। धनराज तिलक समाजवादी पार्टी का नेता है और चूँकि कांग्रेस की सरकार है तो विपक्ष में बैठता है। कांग्रेस के गृहमंत्री शिव रतन यादव से धनराज तिलक की पुरानी दुश्मनी है।

''यह झगड़ा तो दो राजनीतिक दलों का है और तुम यों ही दो पाटों में पिस गए। यादव ने धनराज तिलक के समय हुए कामों को ब्लैक लिस्ट करने के लिए कहा है। अब चूँकि तुम उन्नाव में नियुक्त रहे, अतः तुम तो फँसोगे ही।''

पापा को बहुत मुश्किल से यह राजनीतिक समीकरण समझ में आया। जब पापा का बिना सिफारिश के उन्नाव ट्रांसफर हुआ तो पुलिस विभाग में खलबली मच गई थी। लखनऊ और कानपुर के मध्य स्थित यह छोटा सा जिला तत्कालीन गृहमंत्री का निर्वाचन क्षेत्र होने के कारण महत्त्वपूर्ण माना जाता था। यह तो किसी को याद भी नहीं होगा कि यह क्षेत्र अमर शहीद चंद्रशेखर आजाद की जन्मस्थली है? सब पुलिस अधिकारी चाहते थे कि गृहमंत्री के क्षेत्र में रहने से उनके निकट आ जाएँगे और भविष्य में वारे-न्यारे

होंगे। पापा ने व्यक्तिगत लाभ तो उलटे उन्नाव की पोस्टिंग से लिया नहीं, इतनी बड़ी हानि और उठानी पड़ी।

उस समय गृहमंत्री फोन पर आदेश-निर्देश दे देते थे और उन्हें पूरा कर दिया जाता था। बाद में ट्यूबवैल विभाग के इंजीनियर (अधिशासी अभियंता) मेहरा अंकल ने पापा को समझाया कि बिना लिखित निर्देश के काम मत किया करो। फँस सकते हो।

अब रणजीत सिंह चौधरी ने मंत्री महोदय को प्रसन्न करने के लिए धनराज तिलक और उनकी टीम के विरुद्ध पूरा दीवान तैयार कर रखा है, बस कलमा पढ़ने की देरी है। यानी आई.जी. कंसल का प्रभाव यहाँ काम नहीं आएगा।

पापा ने बड़े संकोच के साथ आई.जी. कामत से गृह सचिव शिंदे से बात करने के लिए कहा। कामत अंकल ने पापा को बातों में उलझाकर वापस भेज दिया। पापा को पूरा संदेह था कि आई.जी. कामत कुछ नहीं करेंगे। उनका अनुमान भी सही निकला। बाद में पता चला कि कामत अंकल ने शिंदे से बात की ही नहीं थी, जबकि पापा को कह दिया कि 'शिंदे के हाथ में कुछ नहीं है।'

अब तो पापा को संदेह होने लगा कि आई.जी. कंसल भी कुछ नहीं कर पाएँगे। शिव रतन यादव की धनराज तिलक से पुरानी शत्रुता है। वह कंसल की बात क्यों सुनने लगा।

धनराज तिलक विधानसभा में उछालने का, समाचार-पत्रों में बदनाम करने का, विपक्ष के प्रमुख नेता के राजनीतिक भविष्य को मिटाने का स्वर्णिम अवसर कैसे खो देता। अगले दिन जब पापा आई.जी. कंसल से मिले तो उत्तर मायूसीवाला ही था। अब बस फाइल केंद्र में जानेवाली थी।

हम बच्चों को न जानते हुए भी सब पता चल गया था। सदैव शांत रहने वाले पापा का खीझ भरा व्यवहार, मम्मी का बात-बात पर रणजीत चौधरी और उसके परिवार को कोसना, दिन-रात की भाग-दौड़—इन सबके मध्य हमारा स्कूल-कॉलेज आना-जाना होता रहा।

□

आपातकाल में प्रतिदिन कहीं तूफान तो कहीं बवंडर उठा करते थे। एक तूफान और उठा। समाचार मिला कि पिछले सप्ताह दिल्ली के मौर्या शेरेटन होटल में रणजीत चौधरी की बड़ी बेटी मैत्रेयी की सगाई किसी आई.ए.एस. अधिकारी के बेटे मोहित से हो गई। रणजीत चौधरी और मोहित के पिता सुदर्शन कुमावत पुराने मित्र रहे हैं। रिश्ता तो मौखिक रूप से पहले से ही तय था, बस मैत्रेयी के अठारह वर्ष पार करने और मोहित के इंजीनियरिंग पूरा करने की प्रतीक्षा थी। मोहित कानपुर में इंजीनियरिंग पढ़ रहा था।

तीन दिन बाद मैत्रेयी कॉलेज में दिखाई दी। पैंट की जगह साड़ी पहन रखी थी। हीरे के सैट और गुलाबी शिफॉन की साड़ी में उसका रूप निखर आया था। मैत्रेयी ने माँ का रंग और पिता का व्यक्तित्व पाया था। मैत्रेयी सदा की भाँति खनकती हुई आ रही थी, ''हाय स्तुति, क्या हाल हैं?''

''बहुत-बहुत बधाई हो, मैत्रेयी! भई, हमें तो पता ही नहीं चला। पार्टी कब दे रही हो?'' न चाहते हुए भी मैंने उसे बधाई दी।

हमारे घर में क्या हो रहा है? इसका बाप सबके साथ क्या कर रहा है? इसका आभास भी मैत्रेयी को है?

''कोई भी व्यक्ति अपने जीवन में इतना मगन कैसे हो सकता है, जबकि, पड़ोसी के घर में आग लगी हुई हो और उसे लपटें उठती दिखाई भी न दें।''

अब मैत्रेयी का मन पढ़ाई से हटने लगा। वह अपना अधिकांश समय सहेली सुष्मिता के साथ शॉपिंग, रेस्त्राँ या कैंटीन में व्यतीत करती। धीरे-धीरे उसकी बातें मेरी समझ के दायरे से बाहर निकलने लगीं। उसके जोक्स नॉनवेज होने लगे।

मेरा मन प्रायः मुझे झिंझोड़ता कि मैं मैत्रेयी से प्रश्न करूँ—

'मैत्रेयी, क्या तुम्हें मेरी आँखों के आँसू दिखाई नहीं देते हैं? क्या तुम मेरी उदासी देखती हो? क्या उसका कारण जानना चाहती हो?'

'मैत्रेयी, क्या तुमने अपने देवता-स्वरूप पिता के कुकृत्यों को जानने की चेष्टा की?'

‘क्या कभी स्वयं से यह प्रश्न किया है कि जब डी.जी.पी. की मासिक आय (सन् १९७५-७६ में) पाँच-छह हजार से अधिक नहीं है, तब तुम्हारा अपना खर्च दो-तीन हजार रुपए प्रति माह अवश्य होता है।’

‘यह धन, अपार वैभव कहाँ से, किस प्रकार और कैसे आता है?’

‘तुम्हारा विलासी, मदमस्त जीवन पता नहीं कितने लोगों के आँसुओं से सींचा गया है?’

परंतु मैंने कभी कुछ नहीं कहा, कुछ नहीं पूछा। बस मन मसोसकर रह जाती। मैत्रेयी की मुसकान के समक्ष कुछ सोच नहीं पाती। मन कहता कि समय स्वयं इसका उत्तर इसे दे देगा। मैं क्यों इसकी हँसी पर रोक लगाऊँ।

एक दिन कॉलेज जाने के रास्ते में साइकिल चलाते-चलाते बरबस जो आँसू निकले तो रुके ही नहीं। कॉलेज पहुँचते-पहुँचते आँखें सूज गईं।

मैं किसी से मिलना नहीं चाहती थी। बस क्लास अटेंड करके तुरंत घर लौट आना चाहती थी। मुख्य द्वार पर पहुँचते ही, सामने से मैत्रेयी अपनी सहेलियों के साथ खिलखिलाती हुई आ रही थी। मुझे देखकर उसकी हँसी रुक गई। संभवत: उसने मेरी उदासी पढ़ ली, मेरे थमे आँसू देख लिये थे।

“स्तुति, क्या बात है?” मैत्रेयी बरबस पूछ बैठी।

परंतु मेरा मन इतना भरा हुआ था कि पहली बार तो मैं मैत्रेयी को ‘हैलो’ किए बिना आगे निकल गई।

□

इस बीच पता नहीं कहाँ से आशा की एक किरण दिखाई दी। गाँव से बाबाजी अचानक सुबह की गाड़ी से लखनऊ पहुँचे। उनके साथ उनके परम मित्र साधुवत् पथिकजी भी थे। पथिकजी ऋषिकेश गए हुए थे, साथ में बाबाजी को भी साथ ले लिया। वहीं से विचार हुआ कि काशी में बाबा विश्वनाथ के दर्शन कर लिये जाएँ। बाबाजी ने मार्ग में लखनऊ अपने डी.आई.जी. पुत्र के घर ठहरने का सुझाव दिया। वस्तुत: बाबाजी अपने उच्च पुलिस अधिकारी पुत्र का वैभव दिखाना चाहते हों। परंतु यहाँ तो स्थिति एकदम विपरीत थी। पथिकजी जाने-माने उद्योगपति थे, परंतु स्वभाव

से आध्यात्मिक मार्ग के पथिक थे। तो बाबा विश्वनाथ का ही प्रसाद था कि बाबाजी और पथिकजी ऐसे संकट के समय हमारे घर पधारे।

एक संयोग और निकला कि पथिकजी उत्तर प्रदेश के तत्कालीन राज्यपाल दीनानाथ शास्त्रीजी के परम मित्र थे। पापा से सारा वृत्तांत सुनकर पथिकजी बोले, ''बेटा, अभी भारत से दिव्य संस्कार लुप्त नहीं हुए हैं। इतना अन्याय नहीं हो सकता है। मैं आज ही शास्त्रीजी से बात करके तुम्हारी फाइल यहीं रुकवा देता हूँ।''

पता नहीं मम्मी में कहाँ से इतनी शक्ति आ गई कि तुरंत बोल पड़ीं, ''पिताजी, मैं भी आपके साथ चलूँगी।''

पथिकजी ने कहा, ''ठीक है बहू, तुम भी चलो।''

बाबाजी, पथिकजी और मम्मी—तीनों राज्यपाल निवास पहुँचे। पूर्वजन्म के संस्कार ही थे कि दीनानाथ शास्त्रीजी के सामने मम्मी के आँसुओं का बाँध टूट गया और मम्मी ने सारी बातें शास्त्रीजी को कह सुनाईं।

शास्त्रीजी ने मम्मी के सिर पर हाथ फेरते हुए कहा, ''तुम मेरी पुत्री समान हो। बेटी, मैं तुम्हें वचन देता हूँ कि यह फाइल यहीं रोक दी जाएगी।''

सबके सामने शास्त्रीजी ने पापा के केस का पूरा विवरण लिख लिया। अपने निजी सचिव को बुलाकर सारा विवरण दे दिया।

पुलिस अधिकारियों की गोपनीय फाइलें उस समय गृह मंत्रालय में थीं। राज्यपाल के सचिव सीधे गृह सचिव के कार्यालय पहुँचे। वहाँ राज्यपाल का लिखित संदेश दिया। अपने सामने ही फाइल को बंद करवाकर और आदेश निरस्त करवाकर आ पहुँचे।

शाम तक राज्यपाल शास्त्रीजी ने पथिकजी को फोन करके सूचना भी भिजवा दी। इसे नियति का खेल कहें या ईश्वर की कृपा, पापा बच गए और रणजीत चौधरी की चाल सफल नहीं हुई। डी.जी.पी. साहब घायल शेर की भाँति तिलमिला उठे। आई.जी. कंसल की सलाह पर पापा रणजीत चौधरी से मिलने गए।

पापा को आशा थी कि इस घटना से रणजीत चौधरी कुछ नरम होंगे;

परंतु वह तो पापा को देखकर ही बरस पड़े, ''अब यहाँ क्या करने आए हो, शर्मा ? तुम्हारी पहुँच तो बहुत दूर तक है, वहीं जाकर बात करो।''

पापा ने अपनी बाईस वर्ष की नौकरी में किसी भी अधिकारी को इतनी रुखाई और जिल्लत से बात करते नहीं सुना था। रणजीत चौधरी की दृष्टि में किसी को भी अपना बचाव करने का या अपनी बात रखने का अधिकार नहीं था।

इस प्रसंग के पश्चात् पापा और पापा जैसे अनेक अधिकारियों का रणजीत चौधरी के साथ शीतयुद्ध छिड़ गया।

□

एक ओर तो रणजीत चौधरी की लाडली बेटी मैत्रेयी अपने पापा द्वारा दिए गए आँसुओं के सागर से बेखबर तितली की तरह उड़ती रहती। कभी वह मंगेतर मोहित के साथ रेस्त्राँ में या मूवी-थिएटर में दिखाई देती। पुलिस विभाग का सारा अमल मैत्रेयी के कदमों में था। रणजीत चौधरी के बेटे-बेटियों को इस बात से कोई सरोकार नहीं था कि वह धन आता कहाँ से है ?

दूसरी ओर, सत्येंद्र शर्मा का परिवार लखनऊ से अपना बिस्तर-बोरिया समेट रहा था। पापा का मिर्जापुर स्थानांतरण का आदेश आ गया था। पापा शीघ्रातिशीघ्र रणजीत चौधरी की दृष्टि से दूर, राजधानी से दूर जाना चाहते थे। पापा यही सोचकर शांत थे कि राजधानी से दूर, विभाग की राजनीति और रणजीत चौधरी के कुचक्रों से दूर शांतिपूर्वक रह सकेंगे। हम भाई-बहन भी लखनऊ के खट्टे-मीठे अनुभव सँजोकर सामान बाँध रहे थे।

इस बीच मैत्रेयी के विवाह का निमंत्रण-पत्र डाक से हमारे घर पहुँचा।

निमंत्रण-पत्र क्या था, रणजीत चौधरी के वैभव का पैगाम था। तीन दिन का पूरा जश्न था। पहले दिन बरात की अगवानी, दूसरे दिन जयमाला एवं संगीत के कार्यक्रम और तीसरे दिन पाणिग्रहण संस्कार। विवाह का ऐसा भव्य-दिव्य कार्यक्रम तो हमने पहले कभी न देखा, न सुना।

पुलिस विभाग के नारद मुनि आई.जी. कामत ने यह रहस्योद्‌घाटन भी किया, ''अरे भई पंडित, हम तो शादी में भेंट-पोटली चढ़ाने आए हैं।

उत्तर प्रदेश में इतने मंडल हैं, जिन्हें रणजीत चौधरी ने अपनी बेटी के विवाह का प्रबंध सौंप रखा है।''

बरात को ठहराना—बरेली मंडल।

दोपहर का भोज—कानपुर मंडल।

शाम का भोज—मेरठ मंडल।

दूसरे दिन का भोज—आगरा मंडल।

दूसरे दिन का रात्रिभोज—गोरखपुर मंडल।

तीसरे दिन का भोज—झाँसी मंडल

तीसरे दिन का रात्रिभोज—इलाहाबाद मंडल।

इसके अतिरिक्त फोटोग्राफर, संगीत मंडली, साज-सज्जा, विवाह में देने के लिए भेंट-कार, फर्नीचर, गहने, कपड़े आदि-आदि खर्चों की पूर्ति के लिए अन्य जिले एवं मंडल भी थे। यह रणजीत सिंह चौधरी की बेटी का नहीं, पुलिस विभाग की बेटी का विवाह था। पारस्परिक सद्भाव और एकता की ऐसी मिसाल कहीं नहीं मिलेगी।

इधर पापा का मन इतना खट्टा हो गया था कि वे तो विवाह में भी जाने को तैयार नहीं थे। आई.जी. कंसल ने पापा को समझाया और फिर अपने साथ लेकर गए। मैं तो तीनों दिन के कार्यक्रम में गई थी, क्योंकि मेरी सहेली मैत्रेयी की शादी थी। पापा ने अपनी भेंट-पोटली में मात्र १०१ का अनुदान किया। न तो पापा का मन था और न ही श्रद्धा थी कुछ देने की।

रत्ना चौधरी उलाहना देते हुए बोलीं, ''सुनीताजी, इस बार आपकी हाजिरी कम रही।''

मम्मी के मन से बार-बार ये उद्गार फूट रहे थे, 'साहब ने हमारे साथ ऐसा अन्याय किया, बताएँ हम कैसे आते', परंतु कुछ कहा नहीं।

रणजीत चौधरी की पैनी निगाहों से कोई नहीं बच सकता था। उनके खाते में पापा के विरुद्ध अनेक शिकायतें दर्ज हो रही थीं।

कहते हैं कि मैत्रेयी के लहँगे का वजन और उसके गहनों का वजन बराबर ही था।

☐

उत्तर प्रदेश की राजधानी लखनऊ से मिर्जापुर जिला तीन सौ किलोमीटर की दूरी पर है। उत्तर प्रदेश के नक्शे को देखें तो यह प्रदेश बैठे हुए शेर की भाँति लगता है, जिसका सिर आजकल का उत्तरांचल प्रदेश है। दो टाँगें झाँसी और मिर्जापुर जिला हैं। मध्य प्रदेश की सीमा पर बसा यह जिला पिछड़ा है। बिड़ला की अल्युमीनियम फैक्टरी यदि रेणुकूट में नहीं होती तो अनेक लोग मिर्जापुर के नाम से भी अपरिचित ही रहते। मिर्जापुर के पठारों के अतिरिक्त वहाँ के कालीन भी प्रसिद्ध हैं। चुनार का ऐतिहासिक किला भी मिर्जापुर के पास ही है।

कार से पहुँचने में पूरा एक दिन लग गया। मानो हम अपने परिचित समाज से दूर, बहुत दूर चले आए हों। वहाँ पर न तो राजधानी की-सी रौनक ही दिखती और न ही दूर-दूर तक कोई परिचित दिखाई देता। स्वाभाविक ही था कि हम बच्चे इस बदलाव से खुश नहीं थे। परंतु पापा के चेहरे पर संतोष का भाव था। वे रणजीत चौधरी की छाया से दूर निकलकर आश्वस्त थे। मम्मी डी.आई.जी. की विशालकाय कोठी पाकर बहुत प्रसन्न थीं। अब ऐश-आराम और वैभव के दिन लौट आए थे।

☐

सन् १९७६ का वर्ष प्रवेश कर चुका था। इंदिरा गांधी ने चुनाव की घोषणा कर दी थी। इंदिरा गांधी का राजयोग तो समाप्त हो रहा था, क्योंकि जनता की अदालत में वे हार गई थीं, परंतु रणजीत चौधरी के अटल राजयोग का अंत नहीं दिख रहा था। वैसे भी अभी तो मिश्राजी की भविष्यवाणी के अनुसार चार वर्ष ही पूरे हुए थे।

इंदिरा गांधी की हार के पश्चात् मोरारजी देसाई के नेतृत्व में जनता पार्टी की सरकार बनी। जनता पार्टी में सभी विपक्षी पार्टियाँ सम्मिलित हुईं। चौधरी चरण सिंह जनता पार्टी की सरकार में गृहमंत्री बने। उत्तर प्रदेश के मुख्यमंत्री के रूप में चौधरी चरण सिंह की उज्ज्वल छवि सामने आई थी। उन्होंने सरकारी मशीनरी में लगे जंग को एक सीमा तक दूर कर दिया था।

उनके कार्यकाल में विश्वविद्यालयों में हड़ताल नहीं हुई। मुख्यमंत्री प्राय: साधारण वेश में प्रशासनिक अधिकारियों के यहाँ पहुँचकर उनके काम को जाँचते थे। उन्होंने सिफारिशी तबादलों पर रोक लगाई और भ्रष्ट अधिकारियों को निलंबित किया।

अब इसे हम रणजीत चौधरी के भाग्य का चमत्कार कहें या संयोग, चौधरी जैसे लोग चरण सिंह जैसे ईमानदार मंत्री की निगाह से बचे रहे। उनके कार्यकाल में तो वे डी.जी.पी. थे नहीं, परंतु अब रणजीत चौधरी ने जाट होने का लाभ उठाया और गृह मंत्री से दूर की रिश्तेदारी निकाल ली। इससे पहले कि चौधरी चरण सिंह रणजीत सिंह चौधरी की सच्चाई का पता लगाते, उन्हें पहचानते, डी.जी.पी. साहब ने गृहमंत्री को खोज निकाला।

जनता पार्टी के मंत्रियों की सूची पढ़ते हुए मम्मी बोलीं, ''चौधरी चरण सिंह तो बहुत निष्पक्ष और ईमानदार नेता हैं। अब आपके डी.जी.पी. साहब कैसे बचेंगे?''

पापा का तर्क था, ''दोनों जाट हैं और रणजीत चौधरी की कूटनीतिक बुद्धि तो इस दिशा में काम कर ही रही होगी।''

''तुम्हें ज्ञात नहीं कि रणजीत चौधरी ने कैसा भाग्य लेकर कुरसी सँभाली है। प्रत्येक बाजी उनके पक्ष में ही खेली जाती है। वह कांग्रेस के शासनकाल में कांग्रेस के सहायक माने जाते थे तो जनता पार्टी के राज्य में जनता पार्टी के समर्थक माने जाते रहेंगे।''

□

पापा का संशय एकदम सही ही था। जिस प्रकार ब्रिटिशों के शासनकाल में उनका सूरज कभी अस्त नहीं होता था, उसी प्रकार रणजीत सिंह चौधरी के भाग्य का सूरज कभी अस्त नहीं होता था। व्यवसाय, समाज और परिबार के मोरचों पर रणजीत चौधरी जीत-ही-जीत रहे थे।

मैत्रेयी के पति मोहित के पास सबसे बड़ी योग्यता अपने श्वसुर और पिता का पद एवं वैभव था। इसीलिए कानपुर के एक छोटे से प्राइवेट इंजीनियरिंग कॉलेज से डिग्री लेकर भी हरिद्वार भेल प्लांट में नौकरी मिल गई

थी। कानपुर में पढ़ने के कारण हम सब यही समझते रहे कि मोहित आई.आई.टी., कानपुर का स्नातक है। मैत्रेयी-मोहित की गृहस्थी बसाने के लिए कार, नौकर-चाकर, फर्नीचर और बरतन आदि का प्रबंध तो पुलिस ने कर ही दिया था।

रणजीत चौधरी की दूसरी बेटी मंदिरा का पढ़ाई में ज्यादा मन नहीं था। परंतु चिंता की कोई बात नहीं। मंदिरा के पिता ने बुलंदशहर के समीप के गाँव के किसान परिवार के मेधावी बेटे विक्रम सिंह पर निगाह टिका रखी थी। जैसे ही विक्रम का आई.ए.एस. में चयन हुआ, उन्होंने मोटी रकम देकर उसे खरीद लिया। दहेज की विपुल राशि से मंदिरा की ससुराल का दलिद्दर मिटा दिया गया और मंदिरा को गाँव जाने की आवश्यकता ही नहीं पड़ी। अठारह वर्ष की होते ही मंदिरा का विवाह हो गया।

रणजीत चौधरी का इकलौता बेटा मधुकर अपने पिता के स्वभाव के विपरीत शांत था और पिता की छत्रच्छाया में पला-बढ़ा था। यह कहूँ कि वह अपने पिता से डरता था तो अन्यथा नहीं होगा। मधुकर लखनऊ के बनारसीदास इंजीनियरिंग कॉलेज में पढ़ रहा था।

हमारे घर में सब बच्चे अपना मार्ग ढूँढ़ रहे थे। सनातन मोतीलाल इंजीनियरिंग कॉलेज इलाहाबाद में पढ़ रहा था। स्वाति लखनऊ में रहकर कंपटीशन की तैयारी कर रही थी। स्वस्ति कॉलेज जाने की तैयारी में थी। आनन-फानन में मेरा विवाह हुआ और मैं अपने पति के साथ अमेरिका चली गई।

□

जनता पार्टी का प्रादुर्भाव आदर्श का संदेश लेकर आया था। सर्वोदय नेता जयप्रकाश नारायण समस्त मंत्रिमंडल को लेकर बापू की समाधि राजघाट गए। वहाँ उन्होंने समस्त मंत्रिमंडल को निष्ठा, ईमानदारी एवं निष्पक्षता के साथ काम करने की शपथ दिलवाई। मोरारजी देसाई के नेतृत्व में बनी इस सरकार से जनता को बहुत आशाएँ थीं। जनता की इन्हीं आशाओं पर खरा उतरने के लिए जनता सरकार ने भी इंदिरा गांधी की कांग्रेसी सरकार की भाँति प्रशासन को स्वच्छ करने का अभियान चलाया। भ्रष्ट अधिकारियों को धर-

पकड़ने और निलंबित करने के आदेश दिए गए। इस बार मोहरे तो वही रहे, परंतु राजा और वज़ीर बदल गए। अब राजनेता तो कभी निष्ठा, निष्पक्षता और ईमानदारी की परीक्षा देते नहीं हैं। इस वेदी पर तो सत्येंद्र शर्मा जैसे अधिकारी ही बलि होते आए हैं।

जब केंद्र से यह आदेश-पत्र रणजीत चौधरी के हाथों पहुँचा तो उनकी आँखों में चमक आ गई। जो शिकार वह आपातकाल में नहीं पकड़ पाए, वे अब पकड़ में आ सकते हैं।

सत्येंद्र शर्मा सन् १९६९ के समय में देवरिया जिले में एस.पी. (आरक्षी अधीक्षक) पद पर नियुक्त थे। उस समय दलित और सवर्ण वर्ग के बीच भयानक झगड़ा हुआ था। सवर्ण खेतिहरों में काम करनेवाले अनेक दलित मजदूर सम्मिलित थे। दलित वर्ग की एक मजदूर महिला सवर्ण वर्ग की वासना का शिकार हो गई। इस एक घटना ने संपूर्ण जिले को धूँ-धूँ कर जला दिया। अनेक नेता-मंत्री भी अपने हाथ जलाए बिना नहीं रह पाए। इस झगड़े में अनेक दलित मजदूर मारे गए। जनता पार्टी की सरकार में देवरिया जिले के एम.पी. नरपत सिंह मीणा उपमंत्री बने और फिर पुरानी फाँस निकालने का उपक्रम आरंभ हुआ। तुरंत आदेश दिए गए कि इस केस को पुनः खोला जाए और तत्कालीन एस.पी. (पुलिस अधीक्षक) और कलक्टर (जिलाधीश) को निलंबित किया जाए।

रणजीत सिंह चौधरी ने एक दिन भी नहीं गँवाया और सत्येंद्र शर्मा को भी कोई अवसर नहीं दिया। अगली सुबह होते ही समाचार-पत्रों में पापा का नाम छप गया और निलंबन के आदेश ऑफिस की मेज पर पहुँच गए। पापा तो जिले के सुदूर कोने में दौरे पर गए हुए थे। हम सब हाथ मलते रह गए।

पापा के मुख से निकल ही पड़ा, "इस कमीने (रणजीत चौधरी) ने बदला ले ही लिया!"

लेन-देन के हथकंडे अपनाए गए। जान-पहचानवालों को सुनाया-बताया गया और आठ महीने के भीतर पुनः अपने पद पर व्यवस्थित हुए।

इस हादसे के पश्चात् पापा का मन नौकरी से हट गया। सारा उत्साह

क्षीण हो गया। यद्यपि अभी नौकरी में दस वर्ष बाकी थे, परंतु पापा अपने उत्तरदायित्वों को पूरा कर पुलिस विभाग से अवकाश प्राप्त करना चाहते थे।

चाय के प्याले के साथ अखबार पढ़ते हुए पापा बोले, ''अब रणजीत चौधरी के पास मेरे लिए कोई सजा नहीं बची है।''

मम्मी हताश होकर बोलीं, ''यह कैसे संभव है कि कांग्रेस के राज में तुम विपक्ष के सहयोगी माने गए और जनता पार्टी के राज में कांग्रेसी माने गए। यह कैसा अन्याय है?''

पापा क्या उत्तर देते। उनके समक्ष पिछले पच्चीस वर्षों के घटनाक्रम एक चलचित्र की भाँति चल रहे थे। यह सच है कि वह सीधे-सीधे रणजीत सिंह चौधरी के अधीन नहीं रहे, परंतु रणजीत सिंह चौधरी से उनका सामना होता रहा।

सन् १९७४ की एक शाम। मेरठ के जाने-माने हैंडलूम उद्योगपति उमाकांत रस्तोगी पुलिस अधीक्षक निवास पर पहुँचे। रस्तोगीजी का हैंडलूम निर्यात का लंबा-चौड़ा व्यवसाय था, अतः उन्हें पुलिस और आय कर विभाग के आला अफसरों को प्रसन्न रखना ही पड़ता था। रणवीर चौधरी से उनकी घनिष्ठता हुई और डी.जी.पी. रणजीत चौधरी से भी संपर्क बढ़ा। रस्तोगी ने रणजीत चौधरी का भाग्य-सूर्य चमकते देख लिया था, अतः उन्हें इस मेल-मिलाप में लाभ-ही-लाभ दिखाई दिया। दोनों भाइयों की जेबें भरी रहतीं और रस्तोगी का माल सुगमता से आता-जाता रहता।

रस्तोगी को एकाएक अपने घर देखकर सत्येंद्र शर्मा को आश्चर्य हुआ। घर पर दो-तीन मित्र आए हुए थे। रस्तोगी बरामदे में यह कहकर बैठ गए कि उन्हें एस.पी. साहब से आवश्यक मंत्रणा करनी है। पापा ने उन्हें एकांत में अपने ऑफिस रूम में बुलाया।

उमाकांत रस्तोगी ने डी.जी.पी. चौधरी का मौखिक संदेश सुनाया, ''एस.पी. शर्मा से कहना कि वह अपने ऊपर बैठे अधिकारियों का किंचित् भी ध्यान नहीं रखता है। कभी कुछ भिजवाता ही नहीं है।''

पापा एक उद्योगपति के द्वारा उच्च पुलिस अधिकारी की ऐसी ओछी

बात सुनकर सकते में आ गए। थूक निगलते हुए बोले, ''रस्तोगीजी, मैंने तो कभी यह काम किया नहीं। न ही मैं कर सकता हूँ यह सब। आप ही मेरी ओर से पाँच हजार रुपए चौधरी साहब को पहुँचा दीजिएगा।''

अगली भेंट में रस्तोगीजी ने रणजीत चौधरी को उनकी असमर्थता भी व्यक्त कर दी।

रणजीत चौधरी समझ गए कि यह अधिकारी जन्म से ही नहीं, कर्म से भी पंडित है। पुलिस के हथकंडे इसके बूते की बात नहीं। मेरठ जैसे प्रमुख जिले का पुलिस अधीक्षक होकर मुट्ठी भर रेजगारी भिजवाई है।

□

मेरठ के कार्यकाल में ही एक और अप्रिय प्रसंग सत्येंद्र शर्मा और रणजीत चौधरी के बीच आया। उस समय तो उस प्रसंग का विशेष महत्त्व नहीं लगा, परंतु बाद में उसका रहस्य उजागर हुआ।

अप्रैल की उमस भरी दोपहरी में पापा के कार्यालय में डी.जी.पी. रणजीत चौधरी का आकस्मिक फोन आया। सत्येंद्र शर्मा सकपका गए। रणजीत चौधरी अपने अधीनस्थ अधिकारियों से रोबीली और दो-टूक बात किया करते थे, ''शर्माजी, आपसे एक आवश्यक काम था। मेरठ इंटर कॉलेज से भौतिक शास्त्र के अध्यापक अग्निहोत्री मधुकर की प्रायोगिक परीक्षा के निरीक्षक बनकर लखनऊ आ रहे हैं। मधुकर का पूरा विवरण लिख लें। अग्निहोत्री से बात करके काम करवा दें।''

सत्येंद्र शर्मा सकपका गए, ''जी···जी सर! मैं देख लूँगा।''

''देखना नहीं, यह काम करवाना है।''

पापा ने हड़बड़ाकर मधुकर का पूरा नाम, रोल नंबर, स्कूल का नाम आदि लिख लिया। सत्येंद्र शर्मा इस क्षेत्र में अनाड़ी ही रहे। उन्होंने डी.जी.पी. साहब के स्वर को पूरी तरह पढ़ा नहीं।

दूसरे ही दिन अग्निहोत्री को खोजकर उनसे बात कर ली गई। एक कांस्टेबल के साथ मधुकर का पूरा विवरण भेज दिया गया। तीन दिन बाद अग्निहोत्री ने पुनः संदेश भिजवा दिया कि प्रायोगिक परीक्षा में मधुकर को

तीस में से सत्ताईस नंबर दे दिए गए हैं।

बात वहीं समाप्त हो गई।

लेकिन रणजीत चौधरी के लिए यह बात आई-गई नहीं हुई थी। तीन दिन बाद सत्येंद्र शर्मा के कार्यालय में रणजीत चौधरी का फोन फिर आया। इस बार डी.जी.पी. साहब के तेवर बदले हुए थे, "क्या शर्मा! एक काम आपके सुपुर्द किया था, वह भी नहीं हुआ आपसे। भई, ले-देकर काम करवाना चाहिए था। तीस में से सत्ताईस नंबर ही मिलने थे तो आपसे कहने की क्या जरूरत थी?"

सत्येंद्र शर्मा घबरा गए। यही कह सके, "सॉरी सर!"

☐

उत्तर प्रदेश में इलाहाबाद, मेरठ, गोरखपुर, कानपुर, आगरा आदि प्रमुख पद हुआ करते थे। इन पदों के लिए घूस के क्षेत्र में हजारों-लाखों का आदान-प्रदान होता था। इसके विपरीत, सत्येंद्र शर्मा को पुलिस विभाग के महत्त्वपूर्ण पद मिलते रहे। जहाँ-जहाँ से रणजीत चौधरी को मोटी रकम मिलने की संभावना रहती थी, सत्येंद्र शर्मा जैसे पोंगा पंडित अधिकारी उस संभावना को नष्ट कर देते थे।

सत्येंद्र शर्मा के लखनऊ पहुँचने तक डी.जी.पी. रणजीत सिंह चौधरी की सूची में पापा के विरुद्ध असंख्य शिकायतें दर्ज हो गईं।

मन-ही-मन रणजीत चौधरी सत्येंद्र शर्मा को अपने सामने से हटाने का निर्णय ले चुके थे। उनके लखनऊ कार्यकाल में रणजीत चौधरी ने हर प्रकार की ओछी हरकत का सहारा लिया। एक बार तो पौने दस बजे ही पापा के कार्यालय में पहुँचकर रणजीत चौधरी पापा की प्रतीक्षा करने लगे। उस दिन पापा १० बजकर १० मिनट पर कार्यालय पहुँचे।

बस शिकायत पुस्तिका में सत्येंद्र शर्मा के विरुद्ध शिकायत दर्ज कर दी।

सत्येंद्र शर्मा मन-ही-मन हँसे।

एक डी.जी.पी. डी.आई.जी. के ऑफिस में दस मिनट देरी से आने पर

शिकायत दर्ज करता है। सत्येंद्र शर्मा को लगा कि वह पुलिस विभाग के उच्च अधिकारी नहीं, एक फैक्टरी में काम करनेवाले मजदूर हैं, जहाँ प्रत्येक श्रमिक को आने-जाने का समय दर्ज करना पड़ता है।

आज सब घटनाएँ वर्षा की भाँति बरस रही थीं। संदेह और संशय के बादल छँट गए। यथार्थ का सूरज तेज-तेज चमक रहा है और सत्य बता रहा है कि सत्येंद्र शर्मा बिना दोष के दोषी बनाए गए हैं।

सत्येंद्र शर्मा का आकस्मिक निलंबन ऐसे दुष्कर समय में हुआ जब जीवन के समस्त उत्तरदायित्व उन्हें पूर्ण करने थे। बड़ी बेटी का विवाह होना था, बेटा इंजीनियरिंग में पढ़ रहा था, दूसरी बेटी कंपटीशन में बैठ रही थी, इस आपा-धापी के बीच पापा का निलंबन···। संभवत: जीवन की गाड़ी ऐसे ही चलती है। सपाट-सीधी सड़क पर तेजी से और सुगमता से चलती है, परंतु जब-जब कीचड़ में फँस जाती है तो गति अवरुद्ध हो जाती है और यात्रा कष्टदायक हो जाती है।

परंतु यात्रा तो चलती रहती ही है, सत्येंद्र शर्माजी निलंबन के दलदल से बाहर निकले, परंतु अब पुलिस विभाग में बहुत उत्साह नहीं रहा। वे बस सेवाकाल के दस वर्ष पूरे होने की प्रतीक्षा करने लगे। पापा अंतर्मुखी हो गए। हम सब बच्चे अपना कैरियर बनाने में लग गए और मम्मी हमारे लिए वर जुटाने में।

विवाह करके मैं (स्तुति) अमेरिका आ गई। सनातन मोतीलाल इंजीनियरिंग कॉलेज चला गया। स्वाति एलाइड सेमसिस में आ गई और प्रशिक्षण के बाद अहमदाबाद चली गई।

□

अमेरिका आने के पश्चात् तो मेरा पुलिस विभाग से नाता ही टूट गया। सब कुछ एक पुरानी मूवी की तरह स्मृति-कोष में सिमट गया।

अप्रैल माह की हलकी ठंड भरी सुबह। वसंत शरत् के द्वार पर दस्तक दे रहा था, अत: कभी ठंड, कभी ग्रीष्म! शीत की लंबी काली रात से जगा अमेरिका खिड़की से वसंत को आते देख रहा था; पुष्प खिलने,

घास को हरा-भरा होने और रुखी-सूखी छटा के खिलखिलाने की प्रतीक्षा कर रहा था। परंतु सुबह अभी भी ठंडी ही थी। ऐसी ही एक प्रात:वेला में सात-साढ़े सात का समय था। मैं नौकरी पर जाने की हड़बड़ी में थी। पतिदेव (सौम्य) नहाकर निकले ही थे। मैं नाश्ता लगा ही रही थी कि फोन की घंटी बजी।

सुबह का समय नौकरी पर जानेवालों के लिए बहुत यंत्रवत् होता है। हाथ कहीं, पैर कहीं और मन कहीं—तीनों अलग-अगल दिशा में, परंतु सब में तारतम्य स्थापित करनेवाली है समय की टिक-टिक। सौम्य बोले, ''स्तुति, जरा फोन उठाना।''

मैं खीझते हुए फोन तक पहुँची, ''हैलो!''

''हैलो दीदी! मैं सनातन बोल रहा हूँ। कहीं जाने की शीघ्रता है?''

''हाँ, यहाँ सुबह के साढ़े सात बजे हैं। दस मिनट में हम घर से निकलनेवाले हैं।''

भारत और अमेरिका के समय में साढ़े दस घंटे का अंतर है। यदा-कदा समय-असमय फोन की घंटी बजती रहती है।

''कोई बात नहीं, बहुत दिनों बाद तुम्हारी आवाज सुनी। सुनाओ, क्या हाल है?''

''हाँ दीदी, मुझे नौकरी मिल गई है। मैंने 'भेल' हरिद्वार में जॉइन कर लिया है। सोचा, सबसे पहले आपको ही सूचित करूँ।''

सनातन कुछ और भी कहना चाह रहा था, परंतु सौम्य बार-बार घड़ी दिखा रहे थे।

''सनातन, तू पापा-मम्मी के पास आया हुआ है न? मैं रात में तुमसे बात करूँगी।''

''ओ.के. दीदी।'' सनातन के स्वर में मायूसी थी। उसने इतने उत्साह से फोन किया और बात भी नहीं हो पाई।

मैं भी हताश थी। इतने दिनों बाद सनातन का फोन आया और मैं पाँच-सात मिनट फोन पर भी नहीं बिता सकती हूँ। परंतु सुबह दस मिनट व्यय

करने का मतलब है पूरी दिनचर्या का गड़बड़ हो जाना। इसी द्वंद्व में मैं कार में जा बैठी।

सौम्य ने मेरे चेहरे का द्वंद्व पढ़ लिया, "क्या बात है ? शाम को आराम से बात कर लेना।"

"नहीं, नहीं ! ऐसी कोई विशेष बात नहीं है।"

"कोई खास बात तो नहीं बता रहा था ?"

"हाँ, सनातन को हरिद्वार 'भेल' में नौकरी मिली है। यही समाचार देना चाह रहा था।"

"हो सकता है, हमारा कोई परिचित भेल में काम करता हो।"

सौम्य मेरे संपर्क की जोड़-तोड़ पर हँसा करते थे।

"तुम्हें तो हर जगह कोई-न-कोई परिचित मिल ही जाता है।"

"नहीं, नहीं। ऐसी कोई बात नहीं है।"

रात के नौ बजे सनातन को फोन किया। फोन मम्मी ने ही उठाया। मम्मी बोलीं, "बेटा, पहले सनातन से बात कर ले। वह बहुत उतावला हो रहा है।"

सनातन उत्साहपूर्वक अपनी नई नौकरी के विषय में विस्तारपूर्वक बताने लगा।

"और दीदी, आपकी सहेली मैत्रेयी चौधरी, डी.जी.पी. रणजीत सिंह चौधरी की बेटी, भी हरिद्वार में ही रहती है। उनके पति मोहित भेल में इंजीनियर हैं। मैत्रेयी दीदी आपको बहुत याद करती हैं। उन्होंने मुझे घर पर खाने पर भी बुलाया था।"

सनातन का उत्साह थमने का नाम नहीं ले रहा था। आज अनेक वर्षों बाद मैत्रेयी के प्रसंग से रणजीत चौधरी में मन पुनः अटक गया। हमने पिछले वर्षों के अनेक हादसों के पश्चात् रणजीत चौधरी और उनके परिवार को अपने खाते में से बुरी साख की भाँति निकाल दिया था। परंतु लगता है कि अभी कुछ बकाया है। मैंने मैत्रेयी के विषय में विशेष उत्साह नहीं दिखाया और बात आई-गई हो गई।

इस बार की भारत–यात्रा में खाने की मेज पर रणजीत चौधरी की चर्चा पुन: आ गई। इस बार सूत्रधार सनातन था।

"पापा, अब रणजीत चौधरी के तेवर कैसे हैं?"

मम्मी बोलीं, "अभी तो पूरे चार वर्ष बचे हैं। उसके बाद भी स्पेशल पोस्ट क्रिएट हो जाती हैं।"

मैं हँसते हुए बोली, "रणजीत चौधरी को पूरे भारत के भ्रष्टाचार उन्मूलन विभाग का मुखिया बना देना चाहिए।"

हमारी चर्चा हँसी में बदल गई।

□

समय के साथ हम सभी भाई–बहनों ने अपने–अपने जीवन की जो दिशा निर्धारित की थी, उस पर चल रहे थे। अमेरिका आकर तो उत्तर प्रदेश पुलिस विभाग से संपर्क टूट ही गया था। पापा के अनेक मित्रों–सहकर्मियों के बेटे–बेटी भी पुलिस विभाग की छाया से दूर अपने जीवन की धूप में चल रहे थे।

पापा अब आगरा में डी.आई.जी. पद पर थे। अपनी भारत–यात्रा के दौरान पुलिस विभाग के समाचार भी मिलते रहते—

'अजित सिंह यादव डी.आई.जी. का बेटा अतुल का कार दुर्घटना में देहांत हो गया। अतुल और सनातन साथ–साथ पढ़ते थे। अतुल कार से मथुरा होकर दिल्ली जा रहा था।'

'आई.जी. कंसल अंकल सेवानिवृत्त हो चुके हैं। परंतु उन्हें एक विशेष पद पर दिल्ली भेजा जा रहा है।'

'हरिमोहन श्रीवास्तव अंकल एक प्रशिक्षण के सिलसिले में यूरोप–नॉर्वे गए थे। वापसी में फ्रैंकफर्ट (जर्मनी) में दो दिन रुके। आंटी एवं बच्चों के लिए कुछ खरीदारी करना चाहते थे। वहीं होटल में उन्हें दिल का दौरा पड़ा और प्राणांत हो गया।'

कहते–कहते पापा की आँखें भर आईं।

"इतनी बड़ी ट्रेजेडी हमारे विभाग में कभी नहीं हुई। भाभीजी तो उन्हें

लेने दिल्ली जा ही चुकी थीं। श्रीवास्तव उस समय गोरखपुर में तैनात थे।

"सबसे बड़ी समस्या यह आई कि शव को भारत लाया कैसे जाए? नॉर्वे सरकार ने यह कहकर हाथ झटक लिये कि वे नॉर्वे छोड़ चुके हैं। जर्मनी सरकार का कहना था कि श्रीवास्तव तो यहाँ ट्रांजिट यात्री थे। अंततः उत्तर प्रदेश सरकार और हम सब अधिकारियों ने चंदा एकत्रित किया और फिर श्रीवास्तव के पार्थिव शरीर को लखनऊ लाया गया।"

यह सब सुनकर मैं सकते में आ गई। श्रीवास्तव अंकल की बड़ी बेटी नंदिता मेरी अच्छी सहेली थी। पता नहीं आंटी और बच्चों ने यह दारुण दुःख कैसे सहा होगा।

□

कितने ही चाहे-अनचाहे समाचार मुझे पापा-मम्मी से मिलते रहते। जीवन की नदी में बहते-बहते हम सब पानी के बुलबुलों की भाँति मिलते-बिछुड़ते रहे। उत्तर प्रदेश पुलिस विभाग के अधिकारियों की हम संतानें बाल्यकाल से लेकर किशोर-युवावस्था तक अनेक बार मिले और बिछड़े। हमने कितने ही दोस्त बनाए। आज मैं उनकी सूची बनाने लगूँ तो पचासों में उनकी गिनती होगी। उनमें से कितने ही परिचित अमेरिका, ऑस्ट्रेलिया, इंग्लैंड आदि देशों में बस गए हैं। उस दिन रविवार की सुबह-सुबह हम चाय की चुस्कियों के साथ रविवार का समाचार-पत्र पढ़ रहे थे। सेल पर नजर घुमा रहे थे।

मेरी सहेली मीनाक्षी का फोन आया। फोन पकड़कर मैं तो चिल्ला ही पड़ी। पतिदेव हड़बड़ा गए, "तुम तो खुशी में भी ऐसे चिल्ला रही हो जैसे कोई बुरा समाचार मिला हो।"

हम सहेलियाँ अपनी खुशी का इजहार ऐसे ही किया करती थीं। मम्मी कहा करती थीं, 'ये लड़कियाँ जब भी मिलती हैं, उछल-उछलकर पूरा घर सिर पर उठा लेती हैं।'

सक्सेना आंटी कहतीं, 'अरे मिसेज शर्मा, यही दिन तो हैं इनके हँसने-खेलने के। पता नहीं शादी के बाद ये सब कलियाँ कहाँ-कहाँ बिखर जाएँगी।

हम तो सामाजिक मर्यादा के नाम पर और बड़ों के भय से कुछ कर नहीं पाते थे। इन्हें तो खुले में जी लेने दीजिए।'

सोचते-सोचते मैं मुसकरा उठी। बचपन की ऐसी ही बातें मेरी स्मृति की बगिया में खिला करती थीं।

मीनाक्षी से पूरे विभाग के हाल-चाल जान लिये।

''गहलौत अंकल की बेटी अस्मिता ने भागकर विवाह कर लिया और वह भी एक सब-इंस्पेक्टर के साथ।''

''पता है स्तुति! अंकल उस समय पीलीभीत में तैनात थे। सारे नगर में हंगामा मच गया। अंकल ने क्रोध में भरे चौराहे पर अस्मिता की पिटाई कर दी। इस घटना को समाचार-पत्रों ने खूब सुर्खियों में छापा।''

ऐसे ही चटपटे समाचार हम एक-दूसरे को सुना रहे थे। मैं भी पीछे कैसे रहती।

''मीनाक्षी, तुम्हें कटारिया अंकल के बेटे विकी (विक्रम) की याद है? लंबे-लंबे बाल थे और हिप्पी बना पुरानी स्टैंडर्ड कार में घूमा करता था।''

मीनाक्षी बीच में ही टपक पड़ी, ''डोंट टेल मी! वह यहाँ अमेरिका में आ पहुँचा है।''

''हाँ-हाँ, सुना है किसी हिप्पी-सी लड़की के साथ रह रहा है और केनसॉस सिटी में शराब की दुकान चलाता है।''

''बेचता भी है या सबकुछ स्वयं ही पी लेता है?'' मीनाक्षी खिलखिला पड़ी।

हमारी बेसिर-पैर की बातें सुनकर सौम्य मुसकरा रहे थे।

□

एक दिन अचानक सनातन का फोन आया। कैसे तो सदा मैं ही फोन किया करती थी, इस बार कोई विशेष प्रयोजन था। सनातन कुछ महत्त्वपूर्ण बात करना चाह रहा था, ''दीदी, आपको मधुकर का ध्यान है? वही मधुकर चौधरी, मैत्रेयी दीदी का भाई, डी.जी.पी. रणजीत चौधरी का बेटा। दीदी,

मधुकर अमेरिका आना चाह रहा है। वह आपका पता एवं फोन नंबर माँग रहा था। वह जानना चाहता है कि आप शिकागो, अटलांटा या डेट्रायर से कितनी दूरी पर रहते हैं। मधुकर एम.एस. या एम.बी.ए., जिसमें भी प्रवेश मिल जाए, अमेरिका पढ़ने आना चाहता है।''

सनातन एक के बाद एक प्रश्नों की झड़ी लगा रहा था।

''हाँ-हाँ। मुझे भलीभाँति याद है, रणजीत चौधरी का इकलौता बेटा मधुकर चौधरी।''

रणजीत चौधरी का प्रसंग आते ही मुँह का स्वाद कसैला हो जाता था।

''मधुकर का एडमीशन हो गया है क्या? कहाँ आ रहा है?''

''उसने शिकागो, अटलांटा और डेट्रायर तीनों जगह एप्लाई कर रखा है।''

''हम तो पिल्टसलीश में रहते हैं, इन तीनों जगहों से बहुत दूर।''

मधुकर की लखनऊ में देखी छवि ध्यान में आ रही थी। माँ का रंग व स्वभाव और पिता की बुद्धि का समावेश था मधुकर के व्यक्तित्व में। कद में छोटा, रंग में गोरा, थोड़े-थोड़े घुँघराले बाल और पढ़ने में मेधावी था। अपनी माँ की तरह वह भी रणजीत चौधरी की छत्रच्छाया में पला-बढ़ा। कहते हैं कि बड़े बाप के बेटे प्रायः बिगड़ैल होते हैं, परंतु मधुकर के साथ ऐसा नहीं था। वह अपने पिता से डरता था। उनके निर्देश से ही वह कोई निर्णय ले पाता था। डी.जी.पी. चौधरी परिवार के सूत्रधार थे और उनकी आज्ञा सर्वोपरि थी।

प्रायः हम भाई-बहन अकेले में मैत्रेयी, मधुकर जैसे लोगों के भाग्य की सराहना किया करते थे। ईर्ष्या का भाव भी हमारी वार्त्ता में छिपा रहता था। बाबाजी हमारी बातें सुनकर कहते, ''ये आधुनिक युग के राजकुमार हैं।''

मैत्रेयी के लखनऊ में जो ऐशो-आराम और ठाट-बाट थे—एक-से-एक बढ़कर आधुनिक कपड़े, जेवर, खूब घूमना, मौज-मस्ती। किसी भी प्रकार की रोक-टोक नहीं थी।

''जीजी, कितने लकी हैं मैत्रेयी दादी और मधुकर भैया!'' स्वाति प्रायः कहती।

''वे जो भी चाहते हैं, तुरंत हाजिर हो जाता है। हमें तो हर चीज के लिए सोचना पड़ता है।''

हमारी बातें सुनकर बाबाजी 'संतोषं परम धनम्' का दर्शन सुनाते, ''बेटा, संघर्ष में ही जीवन का असली आनंद है। संघर्ष की अग्नि में जीवन सोने की भाँति तपता है और निखरता है।''

''परंतु बाबाजी, हमारे अनेक दोस्त हैं, जिनके जीवन में कोई संघर्ष नहीं है। जो चाहते हैं उन्हें वह बिना प्रयास के मिल जाता है। जीवन के सब सुख हाथ बाँधे उनके सामने खड़े रहते हैं। ऐसा अंतर क्यों है ?'' सनातन के मन में अनेक प्रश्न उमड़ते रहते।

''बेटा, कभी हमें दूसरों के ऐशो-आराम को देखकर ईर्ष्या नहीं करनी चाहिए। पता नहीं किसके जीवन में कब क्या समय आ जाए ?''

''कभी-कभी लोग बाहर से सुखी और प्रसन्न दिखाई देते हैं, परंतु वास्तव में यह आवश्यक नहीं है कि वे सुखी हों ही।'' बाबाजी हमें समझाने का प्रयास करते।

हमें सदैव अपनी पढ़ाई पर ध्यान रखने की नसीहत दी जाती। परंतु हमारे किशोर मन में प्रश्नों के चित्र अंकित हो गए थे, जो समय-समय पर बोलते रहते।

□

पिछले रविवार की बात है, अपने नियमानुसार मैं भारत में पापा-मम्मी से फोन पर बात कर रही थी। घर की सब बातों के अतिरिक्त इधर-उधर की बातें होने लगीं। पुलिस विभाग की बातें होने लगीं। अचानक मम्मी बोलीं, ''अरे हाँ, याद आया, तुम्हें देवयानी की याद है ? देवयानी, हाँ रविकांत और भाग्यश्री की बेटी। रविकांतजी बदायूँ में जिलाधीश (कलक्टर) थे। देवयानी और स्वस्ति एक ही क्लास में तो पढ़ती थीं।''

पापा जब बदायूँ में एस.पी. थे। अंकल का जिलाधीश निवास और पापा का एस.पी. निवास आमने-सामने थे। देवयानी घर की इकलौती बेटी थी, बड़ी ही सुंदर और स्वभाव की अति मधुर। हम उसके पुरातन नाम का

बहुत मजाक बनाते थे। भाग्यश्री आंटी राजसी खानदान की थीं और उनकी नानी कां नाम देवयानी था। उन्हीं के सम्मान में देवयानी नाम रखा गया था।

मम्मी बता रही थीं, ''रणजीत चौधरी और रविकांतजी कॉलेज के समय से द्रोस्त थे। तभी से उन्होंने निश्चित कर रखा था कि अपने बेटे-बेटी का विवाह करेंगे। अत: मधुकर और देवयानी का संबंध तो बचपन से ही तय था।''

''अच्छा! हमें तो इस संबंध के विषय में ज्ञात ही था।''

''नहीं, हमें तो पता था, परंतु रणजीत चौधरी के घर के किसी रहस्य को उछालने का साहस नहीं था।''

''पिछले दो वर्षों से रविकांतजी लखनऊ में मुख्य सचिव के पद पर नियुक्त हैं। पिछले सप्ताह ही उनकी सगाई हुई है।''

''परंतु सनातन तो बता रहा था कि मधुकर अमेरिका आना चाह रहा है।''

''हाँ, दोनों ही समाचार सही हैं। मधुकर का इंजीनियरिंग पूरा हो गया है। रणजीत चौधरी की तमन्ना है कि उनका बेटा अमेरिका से एम.एस. या एम.बी.ए. करे। इधर रत्नाजी की इच्छा है कि पहले मधुकर की शादी हो जाए, उसके बाद वह अमेरिका जाए।''

मम्मी के इस समाचार ने मेरे स्मृति-पटल पर अनेक चलचित्र साथ-साथ दौड़ा दिए। देवयानी वास्तव में राजकुमारी ही लगती थी। उसके चेहरे पर राजसी सौंदर्य टपकता था। हम लोगों ने गुड्डे-गुड़ियों के कितने ही खेल साथ-साथ खेले हैं। देवी के गोरे रंग में जैसे केसर घोल दी हो। तीखी नाक, उसमें हीरे की महीन सी लौंग, परंतु चमकती हुई। काले-लंबे बाल और आगे से घुँघराले। मछली-सी पैनी आँखें। चेहरे पर मासूमियत और मर्यादा की अनोखी छटा। भाग्यश्री आंटी जब भी देवयानी को संबोधित करतीं तो वह मधुर वाणी में 'हुक्म' कहकर उत्तर देती। इधर हम भाई-बहन चीखकर 'हाँ, मम्मी' उत्तर देते।

देवी अपने दादाजी को 'दाता' कहकर संबोधित करती थी।

हम 'दाता एक राम भिखारी सारी दुनिया' कहकर देवी का मजाक बनाते। हम सदैव दोनों परिवारों की सांस्कृतिक पृष्ठभूमि में अंतर पाते थे। एक ओर हम लट्ठमार और दूसरी ओर देवी स्वभाव की मीठी एवं कोमलांगी।

हमें एक बात अवश्य खलती थी। देवयानी दो बड़े भाइयों की इकलौती बहन थी। उसकी हर खता माफ थी। इधर हम तीनों बहनें बड़ी थीं, उस पर मैं सबसे बड़ी। अत: हमें बात-बात पर टोका जाता। हमें घर की जिम्मेदारियाँ समझाई जातीं। मैं मम्मी से तर्क करती, "देवी को कोई कुछ नहीं कहता। मुझे बात-बात पर डाँट पड़ जाती है।"

अब तो कई वर्ष बीत गए हैं। देवी युवा होकर और भी सुंदर लगती होगी।

हम सब रणजीत सिंह चौधरी की बुलंदी को छूती किस्मत पर चकित थे। मैत्रेयी की उसके मनपसंद घर शादी, मंदिरा के लिए योग्य वर का चुनाव। अब तो मधुकर के लिए मुख्य सचिव की इकलौती बेटी का चयन और वह भी राजसी परिवार से। पिछले पाँच वर्ष से वे उत्तर प्रदेश पुलिस विभाग के सर्वेसर्वा थे। अभी तो अवकाश प्राप्त करने में पूरे पाँच वर्ष बाकी थे।

□

पापा और रविकांतजी स्थानांतरण के सिलसिले में एक नगर से दूसरे नगर घूतते रहे। इन पड़ावों में हमारे परिवार कई बार साथ-साथ कई नगरों में रहे।

देवी पढ़ती तो थी स्वाति के साथ, परंतु सहेली थी स्वस्ति की। स्वाति जहाँ पढ़ाई के लिए गंभीर थी वहीं स्वस्ति और देवी घर की छोटी बेटी होने के कारण चुलबुली थीं।

इसे दैव योग ही कहा जाए कि अब दोनों लेडी श्रीराम कॉलेज, दिल्ली में पढ़ रही थीं। देवी एम.ए. (इतिहास) के बी.कॉम. ऑनर्स अंतिम वर्ष में थी।

यों तो मधुकर और देवयानी बचपन से ही एक-दूसरे को जानते थे, परंतु सगाई की सार्वजनिक घोषणा होते ही रिश्तों के रूप-रंग बदल गए। अब

तो देवी मधुकर के सामने आते ही सकुचाती थी। स्वस्ति अनायास ही इन दोनों के मासूम रिश्ते की साक्षी बन गई।

फरवरी की गुलाबी ठंड दिल्ली की सड़कों पर सिमट रही थी, एकाएक भाग्यश्री आंटी होस्टल पहुँचीं। २८ फरवरी, १९८२ को देवी और मधुकर की सगाई का दिन निश्चित हुआ। ग्रेटर कैलाश में भाग्यश्री आंटी की खानदानी कोठी थी, वहीं सगाई की रस्म होनी निश्चित हुई।

मक्खन-सी मुलायम, देसी घी-सी शुद्ध और गुलाब-सी कोमलांगी देवयानी को स्वस्ति सुबह-सुबह मेकअप के लिए ब्यूटी सैलून में ले गई। हरे एवं तरबूजी रंग के बंधेज के लहँगे में देवी के चेहरे की लाली और भी सुर्ख हो गई। उस पर आंटी का पन्ने एवं माणिक का भारी सेट देवी की नाजुक ग्रीवा को और भी झुका रहा था। यह हार सीता-रामी हार की तरह लंबा और भारी था। मधुकर भी काले बंद गले के सूट में बड़ा आकर्षक लग रहा था।

शाम को बच्चों ने बाहर घूमने का कार्यक्रम बना रखा था। रणजीत सिंह चौधरी ने पहले से ही होटल मेरिडियन में रात के भोजन के लिए आरक्षण करवा रखा था। मधुकर की इच्छा थी कि देवी के साथ थोड़ा एकांत मिले। परंतु मैत्रेयी, मंदिरा और दोनों जीजाजी के सामने संकोच हो रहा था। मधुकर के मन को पढ़ा स्वस्ति और मंदिरा ने। कॉफी पीने के बहाने दोनों को अकेला छोड़कर निकल गईं।

कहने को तो दोनों अकेले होते थे, परंतु दोनों को अपने माता-पिता की उपस्थिति का अहसास रहता था। विशेषकर मधुकर को अपने पिता रणजीत चौधरी सदैव उपस्थित लगते थे। इधर देवी भी अपने पिता के प्रभावकारी पद और ननिहाल के वैभव से अछूती कैसे रहती?

अमेरिका की भाषा में कहें तो इस संपूर्ण ऐश्वर्य-प्रदर्शन में उनका अपना अर्जित किया हुआ क्या था?

मधुकर की एकमात्र पहचान यह थी कि वह उत्तर प्रदेश पुलिस विभाग के कर्ता-धर्ता डी.जी.पी. का बेटा है। देवयानी की पहचान थी कि वह मुख्य सचिव की इकलौती बेटी है।

भारत में यही तो होता है। बच्चों की पहचान अपने माता-पिता से होती है और बच्चे इस पहचान को खूब पहचानते हैं। संभवत: इसीलिए पिता का प्रसंग उनकी बातों में आता रहता था।

मधुकर का प्रथम संवाद था, ''तुम्हें आश्चर्य हुआ होगा कि पापा-मम्मी ने हमारा रिश्ता तय कर दिया है।''

''मुझे तो बचपन से ही पता था, मम्मी ने मुझे बता दिया था।''

''घर में मेरी सब कजन्स के लिए वर तलाशे जाते थे, परंतु मेरे साथ ऐसा नहीं हुआ।''

मधुकर चौंका, ''अच्छा, मुझे तो पता नहीं था, पापा ने पिछले महीने ही बताया था। कभी-कभी मंदिरा मजाक में तुम्हारा नाम लेकर छेड़ा करती थी। मम्मी की इच्छा है कि शीघ्र मेरी शादी हो जाए। इधर पापा की इच्छा है कि मैं अमेरिका अग्रिम शिक्षा के लिए जाऊँ।'' प्राय: अमेरिका का प्रसंग आते ही देवयानी उदास हो जाती थी। उसकी सरल-सहज दिनचर्या में इतने परिवर्तन अचानक आ रहे थे और उसके लिए उन्हें सहेजना मुश्किल था।

लेकिन देवी और मधुकर को न तो सोचना था, न चिंता करनी थी, न ही कोई निर्णय लेना था। उनसे यही अपेक्षित था कि वे अपने पिता के सपनों को साकार करें।

फरवरी १९८२ में देवी-मधुकर की सगाई संपन्न हुई और मार्च के अंत तक मधुकर को मिशिगन यूनिवर्सिटी में प्रवेश मिल गया। अगस्त के अंत तक उसे अमेरिका पहुँचना था। इस समाचार ने घर के सभी सदस्यों पर मिश्रित प्रभाव डाला। मधुकर और देवयानी पर भी हर्ष-विषाद की सामूहिक छाया पड़ी।

मधुकर को फोन पर बधाई देते-देते देवयानी सिसक उठी। देवी के उदास चेहरे की कल्पना करके मधुकर का उत्साह भी मंद पड़ने लगा। मधुकर के उदास चेहरे को पढ़कर रत्नाजी ने सकुचाते हुए अपने साहब के दरबार में गुहार लगाई, ''अभी-अभी तो मधु की सगाई हुई है। जुलाई में शादी होते ही अगस्त के अंत में अमेरिका चला जाएगा। सबकुछ इतनी जल्दी

हो रहा है। दोनों को साथ रहने का भी अवसर नहीं मिलेगा। मधु थोड़ा रुककर अमेरिका चला जाता तो...''

रणजीत चौधरी का सदैव की तरह निर्णयात्मक स्वर था, ''इसमें चिंता कैसी? एक-दो महीने में बहू को भी अमेरिका भेज देंगे। शिकागो में साढ़ू अमर सिंहजी से बात कर ली है। वे पूरी तरह ध्यान रखेंगे। वहाँ डॉलर का बंदोबस्त कर दिया है। अमर सिंहजी कार, फर्नीचर आदि खरिदवाकर व्यवस्थित कर देंगे।''

अब रत्नाजी इसके आगे क्या कहतीं।

देवयानी ने जब सुना तो स्वयं को रोक नहीं पाई। मधुकर की बाँह का सहारा लेकर सिसक पड़ी। सगाई, शादी और मधुकर का तुरंत अमेरिका जाना— सबकुछ तेजी से चलती हुई मूवी की तरह लग रहा था। मधुकर का भी कहाँ मन था देवी को और जीवन की सुख-सुविधा को छोड़कर अमेरिका जाने का। घर और भावी ससुराल में वैभव एवं संपदा का आगार था। साधारण सी नौकरी उसे बंगलौर में मिल ही गई थी। कुछ समय पश्चात् दिल्ली के आस-पास सेटल हो जाता। इधर देवी को छोड़ने के विचार से ही दिल डूब रहा था। साहस करके वह भी रणजीत सिंह चौधरी के दरबार में पहुँचा।

''पापाजी, यदि मैं अभी अमेरिका न जाऊँ तो? अगले सेमेस्टर में जॉइन कर लूँगा। नहीं तो यहाँ अच्छे इंस्टीट्यूट से एम.बी.ए. कर लूँगा।''

रणजीत सिंह चौधरी की सवालिया दृष्टि ने मधुकर को विचलित कर दिया।

''क्या कह रहे हो, मधु! विचार तो करो। क्या ऐसा अवसर तुम्हें बार-बार मिलेगा? यूनिवर्सिटी ऑफ मिशिगन बहुत ही प्रतिष्ठित यूनिवर्सिटी है। बाद में तुम्हें प्रवेश मिले या न मिले, हम देवयानी को भी दो-तीन महीने बाद वहीं भेज देंगे।''

संभवत: रणजीत चौधरी स्पष्ट देख रहे थे कि जो सामर्थ्य और ऐश्वर्य उन्होंने पुलिस की नौकरी में भोगा है वह शायद उनके बेटे को न मिल पाए।

फिर उनकी गौरव-विरुदावली में विदेश में शिक्षित बेटे का प्रसंग भी आना चाहिए।

मार्च से जुलाई तक का समय होता ही कितना है ? प्रायः मधुकर और देवयानी की मुलाकातें लखनऊ या दिल्ली में होती रहतीं। शॉपिंग, रेस्त्राँ या मूवी में समय बीतता। भाग्यश्री आंटी ने स्वस्ति को कड़े निर्देश दे रखे थे कि वह देवी को अकेली न जाने दे, सदैव साथ रहे। पता नहीं क्यों, मिलने के बाद वापस आते-जाते देवयानी उदास हो जाती, कभी-कभी आँसू भी छलकने लगते। मिलन और मिलन के तुरंत बाद बिछोह। अपने मन की पीड़ा किससे कहे ? एक अज्ञात भय उसके मन पर हावी हो रहा था।

रत्नाजी के मन की भी यही स्थिति थी। अपने इकलौते लाडले बेटे को अपने से इतनी दूर भेजना। उस पर नई-नवेली दुलहन को यहीं घर पर छोड़ जाना उन्हें बिलकुल नहीं भा रहा था। मन में आशंका जन्म ले रही थी। इधर रविकांतजी और भाग्यश्री आंटी भी तो मधुकर के अमेरिका जाने के निर्णय से पूरी तरह आश्वस्त नहीं थे। अपनी बेटी के आँसू देखकर रविकांतजी भी रणजीत सिंह चौधरी को समझाने पहुँचे। परंतु उन्हें भी चौधरी ने वही निर्णय सुनाया जो मधुकर या रत्नाजी को सुनाया था, "किस जमाने की बात कर रहे हो, रविकांत ? एक-दो महीने में देवी का वीजा बनते ही उसे भेज देंगे। इसमें चिंता कैसी ?"

पूरे परिवार की आशा-आशंका एक ओर और डी.जी.पी. चौधरी का निर्णय एक ओर।

सदैव की भाँति भाग्य उनकी मुट्ठी में था और वे पूरी तरह आश्वस्त थे।

□

जब से मधुकर और देवयानी का रिश्ता तय हुआ है, उनके विवाह को लेकर तरह-तरह के विचार, संभावनाएँ एवं कल्पनाएँ जन-समुदाय में जन्म ले रही हैं। उत्तर प्रदेश के दो प्रमुख उच्चतम अधिकारियों के यहाँ संबंध तय हुआ हो तो प्रत्येक का मन जिज्ञासु हो ही उठता है।

यों तो इतिहास ने भगवान् रामचंद्रजी एवं सीताजी के विवाह से लेकर आधुनिक युग के अनेक भव्य विवाह अपने पृष्ठों में अंकित किए हैं।

पहले बरात आठ-दस दिन ठहरा करती थी, बरात बैलगाड़ियों से आती; बैलों की, घोड़ों की खातिरदारी होती। दहेज में हीरे-जवाहरात ही नहीं, दास-दासियाँ भी दी जाती थीं। हमें इतिहास के ऐसे प्रसंग बहुत रोमांचक लगते थे।

अब आधुनिक युग में बरात कार और हवाई जहाज से आती है। दहेज में कार, घर और हीरे-जवाहरात दिए जाते हैं। हमारी नानीजी विवाह के प्रसंग पर रोचक उत्तर देती थीं, 'अरे बेटा! आजकल तो जेवर के दाम कपड़े आते हैं। कपड़ों के दाम जूते-चप्पल आते हैं। कोठियों के दाम कार आती है और महलों के दाम फ्लैट खरीदे जाते हैं।'

आम आदमी जितनी राशि में पूरा विवाह कर लेता है, धनी लोग उस राशि में बहू का एक जोड़ा खरीदते हैं। अब महल तो रहे नहीं, परंतु विवाह के आयोजक कृत्रिम ताजमहल, महल, एफिल टावर, बर्मिंघम पैलेस बना देते हैं। ये तो आज के नवाबों यानी उच्च अधिकारी, मंत्रियों और राजनेताओं की दास्तान है। लुटेरों की बस्ती में सभी लुटेरे हैं। किसकी ओर देखें, सभी मौसेरे भाई हैं।

□

१० जुलाई, १९८२ का दिन उत्तर प्रदेश प्रशासन में विशेष महत्त्व का रहा। इस बार जब पापा-मम्मी से बात हुई तो आधे घंटे तक मम्मी मधुकर और देवी के विवाह का आँखों देखा हाल ही सुनाती रहीं। मैं मन की पुस्तिका में लिखती रही। कभी सोचा भी न था कि मैं रणजीत सिंह चौधरी की गाथा लिखूँगी।

इस अनुपम-रमणीय युगल के विवाह में सम्मिलित होने के लिए दूर-दूर से अतिथि गण आए थे। कहते हैं कि रामचंद्रजी एवं सीताजी के विवाह में ब्रह्माजी और शिवजी ब्राह्मण वेश धरकर आए थे। उसी प्रकार यह विवाह भी दुर्लभ ही था और अतिथि गण इस अवसर से चूकना नहीं चाहते थे।

परंतु जुलाई महीने में तो लखनऊ, कानपुर में भीषण गरमी पड़ती है?

लखनऊ के दो पाँच सितारा होटल आरक्षित थे। क्लॉर्क अवध में रणजीत चौधरी का खेमा ठहरा हुआ था तो सहारा होटल में रविकांत का पड़ाव था। यहाँ मधुकर और देवयानी के नाम की चर्चा कम ही थी।

यहाँ रणजीत सिंह चौधरी और रविकांतजी की ही चर्चा थी। यह तो प्रशासन का, यानी राजकीय विवाह था।

यों तो १५ अगस्त को हर जिले में पुलिस विभाग प्रशासन को सलामी देता है, परंतु आज लड़केवाले होने के कारण पुलिस विभाग का मस्तक ऊँचा था और प्रशासन का झुका हुआ था। रणजीत चौधरी में यह विशेषता थी कि वे अपनी उपस्थिति का भान सबको करा देते थे। उधर रविकांतजी कहने को तो राजपूत परिवार से थे, परंतु मनसा-वाचा ब्राह्मण ही अधिक दिखते थे।

जहाँ रणजीत चौधरी को पुलिस विभाग ने मालामाल बनाया वहीं रविकांतजी को उनकी ससुराल ने। भाग्यश्री आंटी किशनगढ़ दरबार की बेटी थीं। इस विवाह में अतिथियों की सूची इतनी लंबी थी कि विवाह का जश्न चार दिन तक चला।

पहले दिन दोनों परिवारों ने अपने संबंधियों और निकट के मित्रों को रात्रि भोज पर आमंत्रित किया। दूसरे दिन दोनों विभागों के उच्चाधिकारियों को आमंत्रित किया गया। तीसरे दिन पुराने मंत्रिमंडल के मंत्री और विपक्ष के नेताओं, एम.एल.ए. और सांसदों को आमंत्रित किया गया। चौथे दिन वर्तमान मंत्रिमंडल के मंत्री, राज्यपाल, मुख्यमंत्री और केंद्र से कुछ विशिष्ट मंत्री, सचिव आदि वर-वधू को आशीर्वाद देने पधारे।

पूरे वैवाहिक उत्सव में आकर्षण के प्रमुख केंद्र थे किशनगढ़ (राजस्थान) के दरबार, यानी देवयानी के नानाजी और बलरामपुर (उत्तर प्रदेश) के राजा यानी रविकांतजी के ताऊजी। दोनों राजसी वेशभूषा में प्रतिस्पर्द्धा कर रहे थे। कहते हैं, रस्सी जल गई पर बल नहीं गए। किशनगढ़ दरबार धन-संपदा में ऊँचा था, अत: उनके पीछे चलनेवाले लोग भी अधिक थे। बंद गले का जोधपुरी सूट, सिर पर केसरिया बंधेज का साफा, साफे पर दमकती हीरे की

कलंगी, सफेद बल खाई मूँछें। आँखों में खानदानी राजसिक तेज। चाल में, बोलने में और उठने-बैठने में राजसी तेवर।

इधर बलरामपुरवाले भी स्वयं को किशनगढ़वालों से कम नहीं आँक रहे थे। रविकांतजी के ताऊजी (राजा बलरामपुर) सफेद सिल्क की अचकन और टोपी में सुसज्जित थे। गले में हीरे की कंठी खानदानी गरिमा-सी दलक रही थी।

मम्मी की बातें सुनकर मैं हँस पड़ी, "यह शादी का हाल सुना रही हो या किसी राजदरबार की शानो-शौकत का वर्णन कर रही हो।"

"अरे बेटा, आधुनिक युग में तो ये ही राजा-महाराजा हैं।"

यों तो रियासत समाप्त हो गई हैं, मगर सियासत बाकी है। बाजार में नए नवाब काफी संख्या में हैं।

मम्मी की कहानी लेन-देन तक तो पहुँची ही नहीं थी। मम्मी का आँखों देखा हाल पुनः आरंभ हुआ—

"देवयानी और मधुकर दोनों बहुत ही प्यारे राजकुमार-राजकुमारी जैसे लग रहे थे। देवी ने लाल सुर्ख ब्राकेट का लहँगा और जार्जेट की चुनरी ओढ़ रखी थी। सिर से नख तक बोइले से लेकर बिछुए तक पूरे जेवर हीरे के थे। कहते हैं कि पूरा वेश और हीरे के सेट देवी के ननिहाल से आए थे। मधुकर भी क्रीम कलर की शेरवानी और लाल बंधेज के साफे में राजकुमार ही लग रहा था। बहुत ही प्यारी जोड़ी है। दोनों को नजर न लगे।"

"बरात में आनेवालों की भी खूब खातिरदारी हुई होगी।" मेरा मन सब समाचार समेट लेना चाहता था।

"महिला संगीत के तुरंत बाद जलपान के लिए सबको होटल के विशालकाय लॉन में आमंत्रित किया गया। रत्नाजी और भाग्यश्री आंटी साथ-साथ सब अतिथि महिलाओं के पास गईं। रत्नाजी अपने रिश्तेदारों और निकट मित्रों का परिचय करातीं, भाग्यश्री आंटी हाथ जोड़कर उनका अभिवादन करतीं और साथ चल रही नौकरानी के हाथ से लहँगे का वेश लेकर एक-एक महिला को देती जातीं।

उधर रात में पुरुषों की भी मिलनी हुई। रणजीत चौधरी के साथ रविकांतजी ने सब बरातियों की अगुवाई की और मिलनी में सोने की एक-एक गिन्नी भेंट दी।''

''मम्मी, इस विवाह में कितना खर्च हुआ होगा?''

''बेटा, पूछो ही मत। लाखों का हिसाब है और वह भी बेहिसाब। चालीस लाख से कम तो क्या खर्च हुआ होगा!''

सन् १९८२-८३ में चालीस लाख रुपए आज के करोड़ों में आँके जाएँगे।

कामता अंकल एक दिन घर पर आए थे। ड्रिंक के दौरान थोड़ा बहक गए थे। शादी का कच्चा चिट्ठा खोलने लगे, ''हर डिवीजन से लाखों रुपए शादी के लिए एकत्रित हुआ था। हमारे वाराणसी डिवीजन (मंडल) ने ही तीन लाख रुपए दिए थे।''

□

आम पाठक के मन में यह विचार आना स्वाभाविक ही है कि इतनी विपुल धनराशि आती कहाँ से है? किसी भी विभाग और किसी भी राज्य का उदाहरण ले लें। यह कहानी जनता से आरंभ होती है, जिसमें साधारण औसत प्रजा भी है और ठेकेदार, छोटे-मोटे व्यवसाय करनेवाले तो बड़े-बड़े उद्योगपति भी और काले धंधे करनेवाले भी सम्मिलित हैं। यह काला धन नीचे से ऊपर यानी चपरासी से मंत्री तक या ऊपर से नीचे मंत्री से चपरासी तक सुगमता से आ-जा सकता है।

हमारे सरकारी तंत्र ने कार्य की कुशलता भले ही न सीखी हो, परंतु रिश्वत (काले धन) के संचालन यानी वसूली, वितरण और खपत की कुशलता में महारत हासिल जरूर की है।

पुलिस विभाग में थानेदार, इंस्पेक्टर और पुलिस अधीक्षक (एस.पी.) का पद बहुत महत्त्व का होता है। ये अधिकारी ही सीधे जनता के संपर्क में रहते हैं। जहाँ थानेदार या इंस्पेक्टर गाँव या तहसील स्तर पर जनमानस के निकट रहते हैं वहीं एस.पी. जिला स्तर पर जनता से संपर्क साधे रखता है।

धन एकत्रित करने और ऊपर पहुँचाने के लिए ये अधिकारी ही सूत्रधार बनते हैं। मंत्री, आई.जी. या डी.जी.पी. बड़े-बड़े जटिल केसों को सँभालते हैं, अति प्रभावशाली उद्योगपतियों को साधते हैं। इस स्तर पर धन की वसूली तीसरे माध्यम से की जाती है। इसीलिए आपने समाचार-पत्रों में कभी-कभी पढ़ा होगा कि मंत्री या उच्च अधिकारियों के बेटे, दामाद या बेटी ही वास्तव में मंत्री या अधिकारी बन जाते हैं।

जब भी डी.जी.पी. साहब को धन अपेक्षित होता था, वे अपने अधीन आई.जी. को आदेश देते, वहीं से आदेश नीचे तक पहुँचता और धन एकत्रित कर पहुँचा दिया जाता। इस प्रणाली में एक बात और विशेष रहती कि हर स्तर पर सबका उचित हिस्सा भी पहुँच जाता।

इसीलिए जब-तब बीच में कोई ईमानदार अधिकारी आ फँसता तो यह चैनल प्रणाली रुक जाती। आप ही सोचिए, यदि भोजन नली में रुकावट आ जाए तो इस शरीर का क्या होगा? हमारी पाचन-प्रणाली गड़बड़ा जाएगी। यही स्थिति रिश्वत रूपी प्रणाली की है, सब कर्मचारियों और अधिकारियों की पाचन-प्रणाली गड़बड़ा जाती है। तुरंत ऐसे अधिकारी का स्थानांतरण किया जाता है। मुझे तो आश्चर्य होता है कि किसी शोधार्थी ने भारत की रिश्वत प्रणाली पर अब तक शोध क्यों नहीं किया?

□

देवयानी और मधुकर का ऐतिहासिक विवाह संपन्न हुआ। कुल मिलाकर १५ जुलाई से ३० अगस्त तक पैंतालीस दिन थे उनके खाते में। एक सप्ताह के लिए हवाई हनीमून भी मना आए। कश्मीर के ओबेरॉय होटल में उनका आरक्षण था। रविकांतजी ने आलीशान स्यूट बुक करवा दिया था। कश्मीर में सात दिन के लिए कार और ड्राइवर की भी व्यवस्था कर दी थी।

दिल्ली से श्रीनगर के लिए प्लेन में बैठते हुए देवी और मधुकर ने बहुत राहत महसूस की। यह पहला अवसर था कि दोनों अपने परिवारों से दूर साथ-साथ थे और एकांत में थे। इसी एकांत की तो दोनों को प्रतीक्षा थी। मधुकर के पार्श्व में देवी की दो घंटे की हवाई यात्रा पलक झपकते ही पूरी हो गई।

गुलमोहर और निशात बाग की बहार में और डल झील के सन्नाटे में दो निरीह प्राणी एक-दूसरे को समझना चाह रहे थे, टटोलना चाह रहे थे। इस मासूम, भोले-भाले जोड़े को जो भी देखता, सहज ही आकर्षित हो जाता। देवी के हाथों की मेहँदी अभी भी सुर्ख थी। पैरों में बिछुए हाई हील सैंडिल में चुभ-से रहे थे। घने-काले-लंबे बालों की चोटी, नाक में हीरे की चमकती लौंग, काली पैंट और गुलाबी स्वेटर में सजी देवयानी। मधुकर के माथे पर अभी भी तिलक के चिह्न बाकी थे। चेहरे पर स्मित और आँखों में देवी के प्रेम का अनुराग। इस मनोरम छवि को जो भी देखता, समझ जाता कि नवविवाहित युगल हनीमून मनाने आया है। सुंदर-सलोने संसार में सब समस्याओं से परे··· । मानो इनके पैरों के नीचे फूलों के कालीन बिछे हैं, कहीं छाला न पड़ जाए।

इन सुखद क्षणों के बीच एक उदास रेखा दोनों के आस-पास खिंची रहती। देवी आनेवाले दिनों को याद कर सिसक उठती, क्या पूछे वह मधुकर से? कैसे रोके वह मधुकर को? कुछ समझ नहीं पा रही थी। बस, मन की बात आँसुओं में बह जाती। बाकी के बचे हुए तीस दिन दोनों ने घर-ससुराल के मिलनेवालों के बीच बिताए। ३० अगस्त, १९८२—मधुकर के अमेरिका जाने की तिथि निकट आ गई।

□

दिल्ली से डेट्रायट की के.एल.एम. फ्लाइट थी। रास्ते में एम्सटरडम में छह घंटे की प्रतीक्षा थी और वहीं प्लेन बदलना था। कुल मिलाकर अठारह घंटे की उड़ान और छह घंटे की प्रतीक्षा। पूरी यात्रा चौबीस घंटे की थी। इन चौबीस घंटो के बाद मधुकर सात समंदर पार, सुख-सुविधा से भरपूर संसार से दूर, अपनी माँ से, अपनी नवोढ़ा पत्नी से दूर दूसरी ही दुनिया में होगा। वह पत्नी, जिसे बचपन से देखता आया, परंतु जानता नहीं था। दोनों को परस्पर पहचानने का अवसर नहीं मिला। सबकुछ अतृप्त-सा, अधूरा-सा लगता है। मानो पाकर हाथ से फिसल गया है। हवाई जहाज की खिड़की से बाहर ताकते-ताकते मधुकर की दृष्टि आसमान को चीरती हुई अपने घर के आँगन में पहुँच गई।

२८ अगस्त का दिन। लखनऊ के गौतम पल्ली में स्थित डी.आई.जी. चौधरी साहब की विशालकाय कोठी। रत्नाजी मधुकर का सामान लगा रही हैं, देवयानी हाथ बँटा रही है, मैत्रेयी और मंदिरा भी भाग-दौड़ कर रही हैं। कपड़ों और अन्य सामान के साथ-साथ रत्नाजी ने आटे के लड्डू खूब मेवा और घी डालकर बनाए, एक-एक लड्डू चुन-चुनकर डिब्बे में ऐसे रखा जैसे लड्डू नहीं, अपने हृदय के टुकड़ों को सँजोकर रख रही हों, कहीं टूट न जाएँ। चुपके से देवी ने विवाह के एलबम के साथ-साथ मधुकर की मनपसंद का वह कोलोन (Cologn) भी रख दिया, जिसे देवी लगाती थी। जिस प्रकार मथुरा जाते हुए कृष्ण ने राधा को चुपके से अपनी बाँसुरी दी थी उसी प्रकार देवी भी मधुकर के सूटकेस में चुपके-चुपके रूमाल, परफ्यूम, फोटो आदि अपनी स्मृति-स्वरूप सामान रख रही थी।

इन दो रातों में घर के तीन प्राणी सो नहीं सके—रत्ना चौधरी,' मधुकर और देवयानी। देवयानी पूरी रात मधुकर को ऐसे जकड़े रहती मानो पकड़ना चाह रही हो, कहीं हाथ से छूटकर दूर न चला जाए। इधर मधुकर समझाना चाह रहा था कि छह महीने की ही तो बात है। परंतु मधुकर स्वयं ही कहाँ आश्वस्त हो पा रहा था। उधर रत्नाजी की बेचैनी और बदहवासी की ऐसी स्थिति थी कि नींद कोसों दूर थी। उन्हें नींद की गोली खिलाकर सुलाना पड़ा।

२९ अगस्त की सुबह कारवाँ लखनऊ से दिल्ली की ओर रवाना हुआ। भाग्यश्री आंटी के मायके की कोठी (ग्रेटर कैलाश) में डेरा डाला गया। स्वस्ति उस समय दिल्ली में पढ़ रही थी, अतः वह भी मधुकर के विदाई समारोह में सम्मिलित हुई।

३० और ३१ अगस्त की मध्य रात्रि में मधुकर की फ्लाइट थी। शाम के पाँच बजे एयरपोर्ट की ओर रवाना होते-होते तो रत्नाजी की हालत बिगड़ गई। एक अज्ञात आशंका से उनका मन ही नहीं, पूरा तन भी काँप रहा था। मन की आशंका के विषय में किससे कहें। वह मधुकर को टीका लगाते, अक्षत लगाते और मिष्टान्न खिलाते। रत्नाजी की अश्रुधार अविरल बह रही थी। जब मधुकर चरण स्पर्श करने झुका तो रत्नाजी स्वयं को रोक नहीं पाईं। उसे सीने से कसकर

चिपटाकर रो पड़ीं। विछोह से संत्रस्त माँ की पीड़ा देखकर उपस्थित जनों के हृदय द्रवित हो उठे। रणजीत सिंह चौधरी के भी आँसू बह चले। बड़ी मुश्किल से रत्नाजी को उनके बेटे से अलग किया जा सका।

इस बीच मंदिरा और स्वस्ति चुपके से मधुकर का हाथ पकड़कर भीतर कमरे में ले गईं। वहाँ देवयानी भी आँसुओं की माला लिये खड़ी थी।

दस-पंद्रह मिनट का एकांत भावनाओं का ज्वार लेकर लाया। मौन आलिंगन में बँधे दो निरीह प्राणी परस्पर सिमटते रहे।

रणजीत सिंह चौधरी ने सबको विशेष निर्देश दे रखे थे कि जो मिलना, हँसना-रोना हो, यहीं घर पर ही हो जाना चाहिए। एयरपोर्ट पर सबको सामान्य बने रहना होगा। मैत्रेयी और मंदिरा भी भाई के बिछोह को सहन नहीं कर पा रही थी। चलते हुए पासपोर्ट, टिकट और अन्य आवश्यक कागजों के साथ-साथ पाँच हजार डॉलर के ट्रेवलर्स चेक भी रणजीत सिंह चौधरी ने मधुकर को दिए। अमेरिका में कॉलेज की फीस और आवास का शुल्क तो पहले ही जमा किया जा चुका था। इसके अतिरिक्त बहनोई अमर सिंहजी को सभी निर्देश दिए गए थे कि मधुकर को धन का अभाव न होने पाए। उसे जितना धन चाहिए, दे दिया जाए। मधुकर को प्रति सप्ताह फोन करने का भी आदेश दिया गया।

आज का इंदिरा गांधी अंतरराष्ट्रीय विमान तल सन् १९८२ में पालम हवाई अड्डा ही कहलाता था। एयरपोर्ट पर सबने संयत रहने का बहुत यत्न किया और देखते-ही-देखते सुरक्षा जाँच से गुजरता हुआ मधुकर हाथ हिलाता सबकी आँखों से ओझल हो गया। मैत्रेयी रत्नाजी का हाथ पकड़कर लॉज में ले आई। सब मानो बुत बन गए। अब कहने-सुनने को कुछ नहीं रहा, बस बची थी प्रतीक्षा, बाकी सब मधुकर के साथ चला गया था।

□

हवाई जहाज में बैठा मधुकर कभी अपनी उँगली में पहनी हुई शादी की अँगूठी देखता तो हाथों में देवयानी के स्पर्श का स्पंदन महसूस होता। माथे पर लगे रोली और अक्षत पर हाथ जाता तो वहाँ रत्नाजी के आँसू दिखाई देते।

कमीज की बाँह पर लिपस्टिक का हलका-सा चिह्न मानो देवी मधुकर के आलिंगन में सिमट रही हो। आज वह स्वयं को सर्वथा एकाकी अनुभव कर रहा था। बहुत प्रयास कर स्मृतियों को आँखों में सँजोए सोने का प्रयत्न कर रहा था, परंतु रास्ता था कि कटता ही नहीं था।

जैसा कि आपको पहले भी बताया गया है, हमारे पूर्वजन्म के संस्कार ही थे या पूर्व कर्मों का देय था कि हम चाहते, न चाहते रणजीत सिंह चौधरी के परिवार से जुड़े रहे। कॉलेज में मैत्रेयी से मेरी मित्रता हुई, मधुकर-देवयानी की संक्षिप्त मिलन कथा की स्वस्ति साक्षी बनी। इस बीच सनातन को पहली नौकरी हरिद्वार के भेल प्लांट में मिली। वहाँ मैत्रेयी के पति मोहित भी काम करते थे। अतः सनातन का मैत्रेयी से संपर्क बना रहता।

अमेरिका आ रहे मधुकर की डायरी में अमेरिका में विस्थापित सगे-संबंधियों एवं मित्रों के फोन की लंबी सूची थी। उसमें हमारा भी फोन नंबर था। एम्सटरडम से डेट्रायट की नौ घंटे की यात्रा मधुकर ने नौ दिन की भाँति पूरी की। डेट्रायट के मेट्रो एयरपोर्ट पर यूनिवर्सिटी ऑफ मिशिगन से दो छात्र मधुकर को लेने आने वाले थे।

मधुकर के पास आई.ए.एस. से पत्र आया था कि उनके दो छात्र मधुकर को एयरपोर्ट पर मिलेंगे। डेट्रायट एयरपोर्ट से तीस मील की दूरी पर है।

अमर सिंहजी मधुकर का स्वागत करने शिकागो से डेट्रायट नहीं पहुँचे, इसका रणजीत सिंह चौधरी को रोष रहा। उन्हें पूरा विश्वास था कि उनके साढ़ू (रत्नाजी की छोटी बहन के पति) अमर सिंह मधुकर का पूरा ध्यान रखेंगे। यहीं अमेरिका और भारत की सोच में अंतर नजर आता है। अमेरिका में कार्य सुविधानुसार होता है, रिश्ते-नातेदारी को इतनी औपचारिकता और सतर्कता से नहीं निभाया जाता है। उधर भारत में रिश्ते-नातों का दबाव, सामाजिक दिखावा और लोक-लाज प्रमुख भूमिका निभाती है। फिर रणजीत सिंह चौधरी जैसे सबल और प्रभावकारी संबंध को न निभाने का तो प्रश्न ही नहीं उठता। परंतु बीस साल से अमेरिका में बसे अमर सिंह का सरल और

सपाट तर्क था, "चौधरी साहब, डेट्रायट यहाँ से लगभग तीन सौ मील दूर है। इन दिनों मेरी कुछ आवश्यक मीटिंग हैं। अगले सप्ताह Lalus Day Weehand है, हम तब जाकर मधुकर से मिल आएँगे।"

रणजीत सिंह चौधरी मन मसोसकर रह गए।

मधुकर का अमेरिका की कठोर भूमि, कड़क मौसम और विषम जीवन से प्रथम परिचय हो रहा था।

शाम के छह बज रहे थे। सूरज की रोशनी पूरी गरमी पर थी। अमेरिका में गरमियों के मौसम के दिन बहुत लुभावने होते हैं, मन को तरोताजा करनेवाले। एयरपोर्ट के बाहर अपना सामान लिये मधुकर अमेरिका की चहल-पहल देख रहा था। अनेक मॉडल और आकार की कारें, कोई भी तीन कार एक जैसी नहीं। सन् १९८१-८२ में भारत में फिएट और एंबेसडर कार ही होती थीं। मारुति ने बाजार में प्रवेश किया ही था। यहाँ की एक कार में मारुति के दो-तीन मॉडल समा जाएँ। कुछ देर तक तो कारों का मेला लुभावना लगा, परंतु शीघ्र ही यह आकर्षण भी समाप्त हो गया। इस भीड़ में कोई परिचित नहीं था। मधुकर की ओर देखने का किसी को भी अवकाश नहीं था।

एयरपोर्ट पर ही कैसे और क्यों मधुकर ने मुझे फोन मिलाया था। उसके पास पूरी रेजगारी नहीं थी, अतः कॉलेक्ट कॉल की थी। शाम के छह बज रहे थे और हम काम से घर पहुँचे ही थे। पहुँचते ही फोन की घंटी बजी। फोन पर ऑपरेटर पूछ रही थी, "मधुकर नाम का व्यक्ति आपसे बात करना चाहता है। क्या आप इसका चार्ज स्वीकार करेंगी?"

मुझे एक-दो क्षण लगे दिमाग के घोड़े दौड़ाने में। हड़बड़ाकर बोली, "हाँ-हाँ, मैं स्वीकार करती हूँ।"

दूसरी ओर से मधुकर की थकी सी धीमी आवाज आई, "स्तुति दीदी, मैं मधुकर बोल रहा हूँ। मधुकर चौधरी—पहचाना?"

मैं उत्साह जताते हुए बोली, "हाँ, क्यों नहीं पहचाना! भई, तुम्हारी तो अमेरिका में प्रतीक्षा हो रही है। तुमसे बात करके बहुत प्रसन्नता हो रही है।

यात्रा कैसी रही? देवी के क्या समाचार हैं? मैत्रेयी और आंटी-अंकल कैसे हैं?''

मैं मानो एक ही साँस में सबकुछ पूछ लेना चाहती थी।

''दीदी, मुझे मिशिगन राज्य के Anmarler शहर में यूनिवर्सिटी ऑफ मिशिगन में प्रवेश मिला है। क्लास अगले सप्ताह से आरंभ हो जाएँगी। आप डेट्रायट से कितनी दूर रहती हैं?''

''मधुकर भैया, हम तो पीट्सबर्ग (पेंन्सिलवेनिया) में रहते हैं। लगभग चार सौ मील दूर हैं। तुम थोड़ा सैटल हो जाओ और नवंबर-दिसंबर में छुट्टियाँ होंगी तब हमारे यहाँ आना। मुझे फोन करते रहना और संपर्क में रहना। मन लगाकर पढ़ना। कोई भी परेशानी हो तो सूचित करना।''

''हाँ दीदी, कोई चिंता की बात नहीं है। हमारे कई रिश्तेदार और पापा के अनेक दोस्त भी यहाँ रहते हैं। मैं फोन करता रहूँगा। अच्छा, मैं बाहर चलता हूँ। हो सकता है मुझे लेनेवाले लोग आ गए हों।''

पतिदेव पूछने लगे, ''किसका फोन था?''

रणजीत चौधरी का नाम सुनकर वे भी चौंके। हम तो बहुत दूर हैं मधुकर से, बस फोन पर बात हो जाया करेगी। हमें स्वयं ही अमेरिका आए हुए एक वर्ष हुआ था, हम भी तो यहाँ पैर जमा ही रहे हैं।

परंतु पता नहीं क्यों, मुझे लगा, फोन पर मधुकर नहीं, सनातन बोल रहा था। अपने बचपन की सहेली का पति, कॉलेज की सहेली का भाई, सनातन का दोस्त, अनेक सूत्र मुझे मधुकर से जुड़ते नजर आए।

□

आई.ए.एस. के दो छात्र एयरपोर्ट पर दो घंटे देरी से पहुँचे। मधुकर का परिचय ग्रेजुएट स्टूडेंट शेखर रेड्डी और सुष्मित बनर्जी से हुआ। दोनों ही उसी के विभाग में छात्र थे और एक वर्ष पूर्व ही यहाँ आए थे। यानी दोनों मधुकर के सीनियर थे।

सन् १९८०-८१ में टी.वी. और इंटरनेट न होने के कारण भारत में, विशेषकर उत्तर भारत में, अमेरिका के विषय में बहुत ज्ञान नहीं था। उस

समय बोलचाल की भाषा भी हिंदी ही थी। परंतु यहाँ पहुँचकर अन्य प्रदेश के भारतीयों के साथ बोलचाल का माध्यम अंग्रेजी हो जाती है। मधुकर के समक्ष जीवन के ये रहस्य परत-दर-परत खुलते जा रहे थे। देश बदला, समय बदला, लोगों के रंग बदले और अब अपनों की भाषा भी बदली। शेखर और सुष्मित की भाषा भी बदली। दोनों ने अपना परिचय दिया। एयरपोर्ट से बाहर निकले। शाम के सात बज रहे थे। बाहर धूप तेज थी। चारों ओर हरियाली की बहार थी।

आई-२७५ हाईवे से निकलकर Anm Arlor की exit ली और आधे घंटे में मधुकर यूनिवर्सिटी के कैंपस में पहुँच गया। शेखर और सुष्मित मैक्डॉनल्ड में बर्गर और फ्राई खिलाते हुए मधुकर को Doreen में छोड़ आए।

Doreen कॉलेज में पहले से ही मधुकर का आरक्षण था। उसे एक चीनी छात्र 'जेंग' के साथ कमरा शेयर करना था। जेंग को अंग्रेजी बहुत कम आती थी। अगले दिन शनिवार था और मंगलवार से क्लास आरंभ होनी थीं। अपना सामान लगाते-लगाते उसे रात हो गई।

अमेरिका में गरमियों में दिन लंबे होते हैं और सूरज की खूब रोशनी रहती है; परंतु दिन ढलते ही रात काली और गहरी हो जाती है और छा जाता है सन्न-सन्न करता सन्नाटा। अमेरिका में पहली रात मधुकर ने करवट बदल-बदलकर काटी। पिछली तीन रातों में उसके जीवन में कितना परिवर्तन हो गया है। तीन रात पहले वह देवयानी के साथ था, पिछली रात उसने हवाई जहाज में बिताई थी और अब यूनिवर्सिटी के अनजाने Doreen में अजनबी रूममेट के खर्राटों के बीच काट रहा है।

अगले दिन डिपार्टमेंट में जाकर फॉर्म आदि की औपचारिकता पूरी की। यों तो पूरे कैंपस में भारतीय छात्रों की भरमार थी ? उसके इजीनियरिंग डिपार्टमेंट में भी आधे से अधिक छात्र भारतीय थे। परंतु मधुकर किसी से भी जुड़ नहीं पा रहा था। हाय-हैलो के अतिरिक्त कोई बात भी नहीं होती।

कल रात से ही बार-बार लखनऊ फोन लगाने का प्रयास कर रहा था। ऑपरेटर से बार-बार लाइन मिलवाने का अनुरोध कर रहा था। एक मिनट के

लिए लाइन मिली भी, बड़ी मुश्किल से रत्नाजी और देवी की आवाज सुन सका और फोन कट गया। कैंपस में घूमते हुए कानों में निरंतर देवी की आवाज गूँज रही थी। रत्नाजी का चेहरा सामने से हटता ही नहीं था। मधुकर यूनिवर्सिटी में होते हुए भी वहाँ नहीं था। अपने को इतना एकाकी उसने पहले कभी अनुभव नहीं किया था। भीड़ के बीच एकदम अकेला…।

□

कैंपस में बुक स्टोर के बाहर बेंच पर बैठे मधुकर को ध्यान आ रहा था वह दिन, जब पहली बार घर से दूर पढ़ने गया था। उसे मोतीलाल इंजीनियरिंग कॉलेज, इलाहाबाद में प्रवेश मिला था। रत्नाजी इतनी भाव-विह्वल और चिंतित हो रही थीं कि घर से दूर कैसे रहेगा? मानो बहुत दूर जा रहा हो। जब वह रणजीत सिंह चौधरी के सामने भी आँसू नहीं रोक पाईं तो साहब हँसकर बोले, "तुम तो ऐसे रो रही हो जैसे बेटा विदेश जा रहा हो। लखनऊ से इलाहाबाद है ही कितनी दूर!"

इलाहाबाद के कॉलेज कैंपस में जब दो जीपों में भरकर चौधरीजी एवं मधुकर के अतिरिक्त एस.पी., दो कांस्टेबल और ड्राइवर पहुँचे तब हॉस्टल की खिड़कियों में से छात्र ऐसे झाँककर देख रहे थे मानो कॉलेज में फौज ने प्रवेश कर लिया हो।

दो कांस्टेबल बड़े-बड़े सूटकेस, किताबों के बक्से, स्टीरियो, रेडियो आदि सामान कमरे में सजाने लगे। रणजीत सिंह चौधरी अपना सिगार मुँह में दबाए बरामदे में बैठकर वार्डन से बातचीत करने लगे। समस्त नाटकीय दृश्य देखकर छात्र अपनी खिलखिलाहट नहीं रोक पाए। मधुकर ने स्वयं को हास्यास्पद स्थिति में पाया।

रैगिंग के दौरान सीनियर छात्र मधुकर से दूर ही रहते। भई, आई.जी. का इकलौता बेटा है। दो-चार दिन में पुलिसवाले उससे मिलने आते ही रहते थे। कौन पंगा ले। परंतु एक-दो मनचलों ने मधुकर की रैगिंग ले ही डाली।

रत्नाजी भी दस-पंद्रह दिन में घर से खाने का सामान भिजवाती रहतीं। घर से आनेवाले लड्डू, मठरी और काजू की कतली की मधुकर को

कम, उसके मित्रों को अधिक प्रतीक्षा रहती। आठ-दस दिनों में नौकर आकर गंदे कपड़े ले जाता और धोकर प्रेस करके वापस दे जाता। कॉलेज के छात्र उसे 'राजा रणजीत सिंह का बेटा' कहते।

अब रत्नाजी अमेरिका में किसके हाथ अपने बेटे के लिए लड्डू-मठरी भिजवातीं। एकाकी बेंच पर मधुकर का तन बैठा था, मन तो गौतम पल्ली के डी.जी.पी. निवास में घूम रहा था।

चार-पाँच दिन पश्चात् मधुकर ने मुझे फोन किया।

"अरे मधुकर, अमेरिका में मन लगा कि नहीं? देवयानी की अधिक याद तो नहीं आती है? कैंपस में कोई परिचित मिला, कुछ दोस्त बने या नहीं? मुझे फोन करते रहना।" मैं एक ही साँस में बोल पड़ी। देवयानी के बारे में जानने की बहुत उत्सुक थी, आखिर हमारे बचपन की सहेली थी; हमने मिलकर गुड्डे-गुड़िया के बहुत खेल रचाए थे।

"हाँ दीदी, फोन पर तो दूसरे-तीसरे दिन बात हो ही जाती है। पर लाइन बहुत कठिनाई से मिलती है। बड़ी प्रतीक्षा करनी पड़ती है।"

दो-तीन दिन की बात सुनकर मेरे कान खड़े हुए। उस समय पाँच मिनट की कॉल बीस डॉलर की होती थी। हम महीने में एक बार भी भारत फोन कर लेते तो बड़ी बात थी। पतिदेव मुसकराए, "भई, डी.जी.पी. रणजीत चौधरी का बेटा है। फोन पर महीने में पाँच सौ रुपए खर्च भी कर लिये तो कौन सी बड़ी बात है!"

मैं भी मन-ही-मन हँसी। रणजीत चौधरी ने इतनी दौलत बटोरी है, कहीं तो खर्च हो।

इसके बाद हमारे यहाँ मधुकर के फोन नियमित रूप से आने लगे। इस बार जब मैंने फोन किया तो मधुकर ने लपककर फोन उठाया, जैसे बेताबी से किसी के फोन की प्रतीक्षा कर रहा हो। जोर से आवाज आई, "हैलो!"

मैं खिलखिलाकर हँस पड़ी, "अरे भई मधुकर! मैं हूँ स्तुति। लगता है, देवयानी के फोन की प्रतीक्षा कर रहे हो?"

मधुकर झेंप गया।

"नहीं दीदी, ऐसी बात नहीं है। तीन-चार दिन से फोन ट्राई कर रहा हूँ, परंतु आवाज स्पष्ट नहीं आने के कारण ठीक से बात नहीं हो पाई।"

मधुकर की आवाज में मायूसी थी। उस समय न तो फैक्स थे और न ही इंटरनेट। पत्र भी आठ-दस दिन में पहुँच पाते थे। दिल्ली, बंबई के फोन तो आराम से मिल जाते थे, लेकिन लखनऊ की लाइन में प्रायः अड़चन आती थी।

"अरे मधुकर! इतने उदास मत होओ। लखनऊ में आंटी को कह दो कि वे तुम्हें फोन कर लेंगी।"

"हाँ-हाँ, दीदी! मम्मी का बस चले तो रोज ही फोन कर लें। देवी भी प्रायः दिल्ली आकर फोन करती है।"

सन् १९८२ में भारत से अमेरिका में फोन आना तो असंभवप्राय था। प्रति सेकंड एक रुपया व्यय होता था, यानी एक मिनट बात करने के लिए साठ रुपए खर्च होते थे। अमेरिका से भारत फोन करना भी खर्चीला और सिरदर्द था। ऑपरेटर के द्वारा फोन मिलवाया जाता था और प्रति मिनट चार-पाँच डॉलर खर्च होते थे। दस मिनट की कॉल के लिए पचास डॉलर खर्च हो जाते थे। हम भारत से नए-नए अमेरिका आए थे। जहाँ फेलोशिप हजार डॉलर महीना मिलती हो, वहाँ पचास डॉलर महीने के लिए फोन पर खर्च करने बहुत अखरते थे। मधुकर का यह फोन-बिजनेस मेरी बुद्धि से परे था।

मेरी सोच के घोड़े जब तेज हो जाते और हिनहिनाने लगते तो पतिदेव झुँझला उठते।

"रणजीत चौधरी ने तुम्हारे पापा को इतनी यंत्रणा दी, अपमानित किया, तुम उनके परिवार में इतनी रुचि क्यों दिखाती हो? रही खर्चे की बात, तो उत्तर प्रदेश का पुलिस विभाग फोन के बिलों का भुगतान कर ही रहा है। तुम्हारी पॉकेट से तो खर्च नहीं हो रहा है।"

"पता नहीं क्यों, जब मधुकर का फोन आता है तो लगता है कि दूसरी ओर से सनातन बोल रहा है। अपने पिता के कारनामों में वह तो भागीदार नहीं रहा है। उसमें उस मासूम का क्या दोष?"

□

शुक्रवार की शाम थी, हम काम से घर लौटे और आराम के मूड में थे कि सदाशिव आ:यंगर का फोन आया।

सदाशिव और मेरे पतिदेव साथ ही काम करते थे।

वह मद्रास (चेन्नई) के पास का रहनेवाला था। अमेरिका में बी.एस. करने आया था, अब एम.एस. समाप्त करके पी-एच.डी. कर रहा था। पाँच सौ डॉलर Tealen Assistent Slinh मिलती थी। पिछले पाँच साल से यहाँ था। बहुत किफायत से रहता था। भारत तो वापस जाने का प्रश्न ही नहीं था। पढ़ाई के साथ-साथ इधर-उधर नौकरी भी करता था। सदाशिव की कहानी उस समय के आम भारतीय छात्र की कहानी थी। जब सदाशिव का फोन आता, इसका अर्थ होता था कि भारतीय खाना याद आ रहा है।

सदाशिव जब घर पहुँचा, उस समय खाना बनाने के साथ-साथ मैं मधुकर को भी फोन पर बातचीत करके निपटा रही थी। पूरे समय मधुकर ही अपना दुखड़ा रोता रहा था, मैं बीच-बीच में उसे हिम्मत बँधा रही थी।

सदाशिव के साथ बातों-बातों में मधुकर का प्रसंग आया। सदाशिव बोला, "लकी मैन! मैं तो छह महीने में भी अपनी माँ के साथ बात कर लूँ तो बहुत है। एक तो गाँव में फोन लगता नहीं है, दूसरे महँगा भी बहुत है। माँ जब मद्रास आती हैं तब बात करने का प्रयास करता हूँ।"

मधुकर और सदाशिव की परिस्थितियों में कितना अंतर था! मधुकर का रात-बेरात फोन आना हमें भी खटकता था, उससे कहीं अधिक मुझे उसकी चिंता होती थी।

पतिदेव भी बोले, "मधुकर का इतना फोन करना उचित नहीं है। इसका अर्थ यह हुआ कि उसका यहाँ बिलकुल मन नहीं लग रहा है। मन का इतना भटकना चिंता का विषय है। मन को तो यहाँ लगाना ही पड़ेगा।"

सदाशिव ने भी अपनी चिंता प्रकट की, "बहुत से धनी परिवार के लड़के यहाँ पढ़ने आ जाते हैं, परंतु यहाँ के कठिन जीवन का अनुमान नहीं लगा पाते। यह बहुत जटिल परिस्थिति है। भारत को इतना याद करेगा तो यहाँ

रह नहीं पाएगा।''

सितंबर माह पूरा हो रहा था। अमेरिका में चारों ऋतुएँ अपने पूर्ण यौवन पर खिलती हैं। सितंबर के अंत तक प्रकृति अपनी सुंदरता के चरमोत्कर्ष पर पहुँच जाती है। हरियाली अब अपने नाना रूप-रंग बदलती है।

हरियाली अब रंग बदलती···सुंदर से सुंदरतम होती जाती।

हरे से पीले, नारंगी, कत्थई, बैंगनी, सुरमई आदि-आदि अनेक रंगों से सजी प्रकृति, पतझड़ की हवा झड़ने लगती है। देखते-ही-देखते सुंदर-सलोनी घटा वैधव्य की चादर में सिमट गई। लंबे-चमकीले दिन काली रात में बदल गए। शीघ्र ही यूनिवर्सिटी ऑफ मिशिगन की सड़कें शीत से काँपने लगीं। कैंपस की नाचती-थिरकती शाम मरघट-सी खामोश हो गई। समस्त परिवेश टी.वी. के दीवानों की भाँति दीवारों के भीतर सिमट गया।

□

भारत में मधुकर की गणना मेधावी छात्रों में होती थी। सदैव प्रथम श्रेणी में उत्तीर्ण होता था और इंजीनियरिंग में भी प्रवेश सुगमता से मिल गया था। जी.आर.ई. में मधुकर को अच्छे अंक मिले थे। वह अमेरिका आने से पूर्व अमेरिका में एम.एस. कार्यक्रम के लिए पूर्णतया आश्वस्त था।

परंतु यहाँ आते ही अंग्रेजी पढ़े-लिखे लोग अनपढ़ नजर आते हैं। उत्तर प्रदेश में उन दिनों अमेरिकन एसेंट इतना जाना-पहचाना नहीं था। पहले दिन जब मधुकर को आधा लेक्चर समझ में नहीं आया तो उसका माथा ठनका। वह असमंजस में पड़ गया। जिस आत्मविश्वास के साथ मधुकर अमेरिका पहुँचा था वह डगमगाने लगा। पहला महीना तो प्रोफेसर के लेक्चर को समझने में ही लगा। पहली परीक्षा में बी ग्रेड की जगह सी ग्रेड आया। मधुकर का सिर चकरा गया। भारत में फूलों के मार्ग पर चलते-चलते मधुकर की गाड़ी अमेरिका के पथरीले मार्ग पर आ पहुँची।

डी.जी.पी. रणजीत चौधरी के बेटे को भारत में बिना किसी प्रयास के सबकुछ मिलता रहा। आस-पास के लोग उससे पहचान बनाने के लिए लालायित रहते थे। उसके सहपाठी दोस्ती का हाथ बढ़ाते थे। स्कूटर-

मोटरसाइकिल की कौन कहे, एक कार उसके हवाले थी। जब भी कहीं जाना होता था, कांस्टेबल, इंस्पेक्टर, डी.एस.पी. उसके पहुँचने से पहले सारा प्रबंध कर देते थे। वह जीवन में कभी अकेला रहा ही नहीं था।

उस पर देवयानी के साथ जुड़े संक्षिप्त प्रणय-बंधन की स्मृतियाँ मधुकर को यहाँ टिकने ही नहीं देती थीं। वे स्वप्निल दिन उसे उड़ा-उड़ाकर भारत ले जाते।

यहाँ अमेरिका की ठंड में ठिठुरता सर्वथा एकाकी मधुकर बहुत अकेलापन और असहाय अनुभव कर रहा था। अमेरिका में एक विशेषता है। यहाँ अपने आप कोई आगे बढ़कर आपकी सहायता के लिए नहीं आएगा। आपको स्वयं आगे बढ़कर दोस्ती का हाथ बढ़ाना होगा।

हाँ, एक बार सहायता माँगी तो अवश्य मिलेगी और प्रत्युत्तर में सहायक आपसे कुछ भी नहीं माँगेगा।

मधुकर का रात-बेरात, समय-असमय हमारे पास फोन आता रहता।

''कहो, दोस्त बने या नहीं? मन लगा?''

''दीदी, मन ही तो नहीं लग रहा है। यहाँ के लोग बहुत रूखे हैं। कोई बात ही नहीं करता है।''

''भई मधुकर, यह भारत नहीं है और न ही तुम्हारे पापा का पुलिस विभाग। यहाँ तो तुम्हें ही आगे बढ़कर सहायता माँगनी होगी। दोस्त नहीं बनाओगे तो मन कैसे लगेगा?''

''पिछले सप्ताह मौसा-मौसीजी शिकागो से यहाँ दो दिन के लिए मिलने आए थे। यहाँ पर मौसाजी के चचेरे भाई उमराव सिंह रहते हैं। मुझे उनसे मिलवाया था। सोचता हूँ, कभी मिलकर आऊँगा।''

मैं जब भी मधुकर से बातचीत करती तो चिंतित हो उठती। यह लड़का यहाँ मन लगाकर नहीं रहता है, दोस्त नहीं बनाएगा, यहाँ के जीवन में घुल-मिल नहीं पाएगा तो कैसे रहेगा? इसका यहाँ जीना मुश्किल हो जाएगा।

अगले सप्ताह पापा-मम्मी के फोन पर बात करते हुए मैंने मधुकर का प्रसंग छेड़ा।

"मम्मी, मधुकर का यहाँ बिलकुल मन नहीं लग रहा है। बहुत उदास रहता है। आप उसके घर समाचार भिजवाओ। वे उसको समझाएँ या फिर वापस बुला लें।"

□

अगले दिन शनिवार था। मधुकर के पास पूरे दो दिन खाली थे। उसने बड़ी आस से मौसाजी के भाई उमराव सिंह को फोन किया।

"अंकल, मैं वीकेंड पर फ्री हूँ। सोचता हूँ कि आपके यहाँ आ जाऊँ?"

मधुकर की बात सुनकर उमराव सिंह के माथे पर बल पड़ गए। उनका घर यूनिवर्सिटी से तीस मील दूर था। मधुकर को लेकर आने में अगले दिन छोड़ने जाने में पूरा वीकेंड बरबाद हो जाएगा। श्रीमती सिंह ने सुझाया, "कल रविवार को सुरेंद्र माथुर अपने परिवार सहित यहाँ डिनर पर आ ही रहे हैं। वे भी Anm Arlor में रहते हैं। सुरेंद्रजी से कह दो कि वे मधुकर को साथ ले लें। उनके साथ ही आ जाएगा और वापस भी चला जाएगा।"

उमराव सिंह को यह प्रबंध बहुत सुविधाजनक लगा। अगले दिन मधुकर माथुर परिवार के साथ उनकी वैन में पीछे की सीट पर उनके बेटे के साथ बैठा था। वह लड़का बैठा वीडियो गेम खेल रहा था। मधुकर के पूछने पर वह अपनी अमेरिकी अंग्रेजी में कुछ बोला, जो मधुकर के पल्ले आधा पड़ा, आधा नहीं।

उमराव सिंह के घर पर अच्छी बहार थी। उन्होंने अपने दोस्तों से मधुकर का परिचय यह कहकर करवाया, "ये हैं हमारे भाई साहब अमर सिंह के साढ़ू साहब के साहबजादे। इनके पिता चौधरी साहब उत्तर प्रदेश में डी.जी.पी. पुलिस हैं। इसी सेमेस्टर में यूनिवर्सिटी ऑफ मिशिगन में मास्टर प्रोग्राम जॉइन किया है।"

गुप्ताजी ने बातों का सिलसिला आगे बढ़ाया, "हाँ भाई, यहाँ तुम्हारे इंडिया वाले ठाट-बाट तो नहीं होंगे।"

मधुकर के उतरे हुए चेहरे को देखकर मिसेज माथुर बोलीं, "लगता

है, मधुकर का अमेरिका में मन नहीं लगा है। भई, कोई गर्लफ्रेंड ही बना लो।''

श्रीमती उमराव सिंह तुरंत बोल उठीं, ''नहीं, नहीं। यह बात नहीं है। मैं तो बताना ही भूल गई, तीन महीने पहले ही उत्तर प्रदेश शासन के मुख्य सचिव सिसोदियाजी की बेटी से मधुकर की शादी हुई है। बड़ी राजसी ससुराल मिली है मधुकर को।''

''हाँ भई, समझ सकते हैं, तब तो मन क्या लगेगा। परंतु छात्र-जीवन का यदि भरपूर आनंद लेना हो तो गर्लफ्रेंड अवश्य बना लेना, चाहे टेंपरेरी ही सही।'' गुप्ताजी ने नसीहत दी।

''अच्छा, तो तुम यह बताओ कि तुमने कितनी गर्लफ्रेंड बनाई थीं?'' श्रीमती गुप्ता ने अपने पतिदेव को टोका।

''हाँ भई! फिर तो मन लगाना बहुत कठिन हो जाएगा। नई-नवेली दुलहन की तो याद अवश्य आएगी। फोटो अपने साथ लाए हो तो हमें भी दिखाओ।''

इस प्रकार की बातें मधुकर को और भी विचलित कर देतीं। मन यहाँ स्थापित होने से पूर्व ही चलायमान हो जाता।

इसके पश्चात् आरंभ हो जाता देर-सबेर फोन करने का दौर। मधुकर पुनः-पुनः ऑपरेटर से लाइन मिलवाने का अनुरोध करता। रात-बेरात फोन की घंटी बजती। कभी आवाज स्पष्ट सुनाई देती, कभी सुनाई नहीं देती। यह क्रम रात भर चलता। सुबह होने तक नींद पूरी नहीं हो पाती। अलसाई आँखों से क्लास में पहुँचता, वहाँ मधुकर को आधा लेक्चर समझ आता, आधा नहीं। प्रतिदिन मधुकर अपने कमरे से यह निश्चय करके निकलता था कि आज क्लास के बाद लाइब्रेरी में बैठकर पढ़ेगा। परंतु शाम होते-होते नींद घेर लेती या भारत की स्मृतियाँ और रात में फोन का क्रम आरंभ हो जाता।

शुक्रवार की रात में देवयानी से फोन पर बात हो रही थी। देवी भाव-विह्वल होकर रो पड़ी, ''आपका वहाँ मन क्यों नहीं लग रहा है? स्तुति दीदी ने भी स्वस्ति के द्वारा यही कहलवाया है। यदि आपका वहाँ मन नहीं लगेगा

तो मैं यहाँ कैसे रह पाऊँगी ?''

रत्नाजी तो मधुकर से ठीक से बात भी नहीं कर पाती थीं। उनका तो एक ही राग था, ''बेटा, वापस आ जा। यहाँ किस चीज की कमी है ? जब से तू गया है, मैं तो सो भी नहीं पाई हूँ।''

प्रति रविवार को मैंने भी मधुकर से बात करने का नियम बना रखा था।

''दीदी, आपने देवी को क्या कहलवा दिया ? बहुत रो रही थी।''

''मधुकर, मैं तुम्हें लेकर बहुत चिंतित रहती हूँ। इसीलिए देवी के द्वारा तुम्हें समझाने का प्रयास कर रही थी। संभवत: तुम उसकी ही बात मानो।''

''दीदी, मैं क्या बात मानूँगा अब ! Have lost battle of the life, मैं तो जिंदगी ही हार गया हूँ।'' मधुकर की आवाज काँप रही थी।

''मधुकर, तुम इतने हताश और हतबल कैसे हो गए ? तुम युवा हो, अति उज्ज्वल भविष्य तुम्हारे सामने है। तुम्हारे पास किसी चीज की कमी नहीं है। भारत से जो छात्र यहाँ पढ़ने आते हैं, वे चार-पाँच वर्ष तक घर नहीं जा पाते। फोन पर महीने में एक बार क्या वर्ष में एक बार बात कर लें तो बहुत है। तुम यहाँ डॉलर पानी की तरह बहा रहे हो। इधर देवी यहाँ पहुँचेगी, उधर तुम सैटल हो ही जाओगे। बस तुम जरा पढ़ाई पर अधिक ध्यान दो, देवी पर कम।''

''दीदी, वही तो नहीं हो पा रहा है। पढ़ाई में ध्यान लगता ही नहीं है। बहुत प्रयास करता हूँ, परंतु मन एकाग्र नहीं हो पाता है।''

मधुकर से बात करने के बाद मैं सिर पकड़कर बैठ गई। पतिदेव मुसकराते हुए बोले, ''लगता है, मधुकर को अमेरिका रास नहीं आ रहा है। सही भी है, धनी परिवारों के और माँ-बाप के इकलौते बेटों को अमेरिका नहीं आना चाहिए। इस पर सबसे बड़ी भूल यह कर दी कि इसकी शादी कर दी। अब यहाँ मन लगे तो कैसे!''

''आप मधुकर से बात करके समझाइए। हो सकता है, आपकी बात मान जाए।''

□

मिडटर्म की परीक्षा समाप्त हुई। परीक्षा के परिणाम को देखकर मधुकर

का रहा-सहा विश्वास भी जाता रहा। दो डी ग्रेड और एक सी ग्रेड आया था। फोन पर बात करते हुए तो मधुकर की आवाज काँप रही थी।

"दीदी, मैं तो जीवन को पूरी तरह हार चुका हूँ। पापा को क्या मुँह दिखाऊँगा? मन कहता है कि बस जीवन ही समाप्त कर दूँ। इतने चाव से, उत्साह से पापा ने मुझे अमेरिका भेजा था। मैंने उन्हें पूरी तरह निराश कर दिया।" मधुकर के मन के किसी कोने में रणजीत सिंह चौधरी का खौफ समाया हुआ था।

उसके मुँह से मरने-मारने की बात सुनकर मैं सकते में आ गई।

"नहीं-नहीं, मधुकर, तुम ऐसा कैसे सोच सकते हो? भविष्य में यह विचार भी मन में नहीं लाना। तुम्हारी मम्मी का और देवी का क्या होगा? तुम्हें देवी की सौगंध।"

"दीदी, मन तो करता है कि भारत लौट जाऊँ।"

"मधुकर, तुम वापस भारत तो जा सकते हो, परंतु यहाँ आकर पढ़ने के अवसर क्या बार-बार मिलते हैं? फिर असफल होकर लौटोगे तो यह काँटा सदैव खटकता रहेगा। अभी तो मिडटर्म ही हुए हैं। तुम सीनियर छात्रों से कुछ सहायता तो लो। कैंटीन में Student-tutoring की भी सुविधा होती है। मन लगाकर पढ़ो तो फाइनल एग्जाम तक बिलकुल ठीक हो जाओगे। स्वयं को और समय दो।"

□

डेट्रॉयट अक्तूबर समाप्त होते-होते शीत पूरे यौवन पर पहुँच जाता है। सूरज हारे हुए राजा की भाँति कहीं तिरोहित हो जाता है। पतझड़ अपनी आयु पूर्ण कर चुका होता है और मतवाली वायु देखते-देखते सुंदर-सुजला प्रकृति को उजाड़ देती है। अमेरिका की शीत ऋतु प्रथम प्रसव की भाँति बहुत लंबी होती है और मुश्किल से कटती है।

मधुकर भी इसी शीत की चपेट में था। अचानक अक्तूबर के अंतिम सप्ताह में पहला हिमपात हो गया और देखते-देखते संपूर्ण छटा मोटी सफेद चादर में सिमट गई। रात तो पहले ही देवी के वियोग में बर्फीली थी, अब

दिन भी ठंड से काँपने लगे। कैंपस में दूर-दूर तक चलना पड़ता था। कपड़ों की अनेक तहों के पश्चात् भी ठंडी हवा भीतर तक हड्डियों को जमा देती थी।

ऐसी ही एक ठंडी शाम को मधुकर लाइब्रेरी से घर की ओर जा रहा था। कैली उसी की क्लास में पढ़ती थी, वह भी मधुकर के साथ-साथ चलने लगी। मधुकर अपने विचारों में खोया हुआ चला जा रहा था।

"हैलो!"

"हैलो कैली!"

"You are Madhu! How are you doing? Have you made any friends? How are you enjoying so far? Did you like America?"

"Ya Ya, it is ok. it is very cold today."

कैली क्लास में मधुकर के पास ही बैठती थी। वह प्राय: मधुकर को चुपचाप और उदास देखती थी। आज संयोगवश दोनों साथ-साथ जा रहे थे। कैली उन्मुक्त विचारों की सहृदय लड़की थी।

"Why Don't join gym or any other club. You know there is lot of fun here." कैली ने समझाना चाहा।

"Yes I will."

कैली समझ नहीं पा रही थी कि मधुकर को कैसे उत्साहित करे।

"Well, I am going to Bar. We will watch football game. If you don't mind, join us."

पता नहीं कैसे मधुकर के कदम कैली के साथ बढ़ गए। बार नहीं, स्पोर्ट्स बार था। कैंपस में इस प्रकार के बार का काफी प्रचलन होता है। यहाँ छात्र-छात्राएँ बहुधा जीवन का आनंद लेते हुए मिल जाएँगे। मजे के नाम पर अपने माँ-बाप का धन बहाते हैं या पढ़ाई दाँव पर लगाते हैं। जहाँ छात्र-जीवन में मदिरा का नाम लेना भी पाप होना चाहिए, वहीं कैंपस में बार (मदिरालयों) की भरमार होती है। जितनी ड्रिंकिंग की समस्या कॉलेज कैंपस में होती है उतनी अन्यत्र नहीं होती है।

स्पोर्ट्‌स बार में पहुँचकर मधुकर ने अजीब तरह की घुटन अनुभव की। प्राय: सभी अपने बॉय फ्रैंड/गर्ल फ्रैंड के साथ थे। सबके सब बीयर पी रहे थे, कुछ छात्र सिगरेट पी रहे थे। मधुकर भी बीयर पीता था, परंतु बार में पहुँचते ही कैली का अपने बॉय फ्रैंड को किस करना और उसके पार्श्व में बैठना मधुकर को आंदोलित कर गया। उसका तन बार में था और मन लखनऊ में देवी के पास। वह एक ऐसा खोटा सिक्का बन गया था, जो कहीं भी नहीं चल पा रहा था। दस-पंद्रह मिनट बैठकर मधुकर 'Excuse me' कहकर बाहर निकल आया।

□

Thanksging की चार दिन की छुट्‌टी पड़ी। हमने मधुकर को अपने घर पीट्‌सबर्ग आने का निमंत्रण दिया, परंतु वह शिकागो अपने मौसा के यहाँ चला गया। हमारे पास क्रिसमस की छुट्टियों में आने का वचन दिया। शिकागो पहुँचते ही हमारे यहाँ फोन किया। अब उसके फोन रात-बेरात आने लगे। हमेशा एक ही रट ''दीदी, यहाँ बिलकुल भी मन नहीं लग रहा है। घर की बहुत याद आती है। पढ़ाई ठीक से नहीं हो पा रही है।''

''देखो मधुकर, यहाँ मन नहीं लगाना चाहोगे तो कैसे लगेगा? वीजा बनते ही फरवरी-मार्च तक देवयानी भी तुम्हारे पास आ ही जाएगी। थोड़ा शांत मन से सोचो, विवेक से काम लो। अमेरिका आने का अवसर बार-बार नहीं मिलता। यदि असफल होकर लौटोगे तो जीवन भर इस कुंठा से उबर नहीं पाओगे।''

''पापा भी यही कहते हैं कि मन लगाकर पढ़ो। देवी भी यही कहती है और आप भी एक ही रट लगा रही हैं। मेरे मन को कोई समझता ही नहीं है। कहीं कुछ कर बैठूँगा।''

मधुकर के अंतिम वाक्य ने मन पर आशंका और भय की दस्तक दी।

''नहीं-नहीं मधुकर, ऐसा विचार भी कभी मन में मत लाना। तुम समझदार हो, बच्चे थोड़े ही हो। मैं तो तुम्हारे भविष्य का विचार करके ऐसी सलाह दे रही थी। परंतु यदि तुम यहाँ इतने निराश हो चुके हो तो वापस लौट

जाओ। ऐसी ऊटपटाँग बात सोचने से पूर्व अपनी मम्मी का या देवी का ध्यान नहीं आया तुम्हें ?''

अगली बार जब फोन किया तो अमर सिंहजी ने फोन उठाया। मैंने अपना परिचय देते हुए सीधे उनसे ही बात की, ''मधुकर की निराशा और उदासी को देखकर मन बहुत घबराता है। आप इसे समझाइए कि मन लगाकर रहे या फिर वापस भारत लौट जाए। क्या आपने लखनऊ में इसके घर बात की है ?''

''हम भी इससे बात करते रहते हैं। भारत से भी भाई साहब या बहनजी का प्रतिदिन फोन आ ही जाता है।''

''मधुकर, तुम्हारा ये रोज-रोज भारत फोन करना ही मुसीबत की जड़ है। तुम यह मानकर रहो कि भारत फोन नहीं करना। भई, थोड़ा यहाँ के जीवन का भी तो आनंद उठाओ।'' मैंने मधुकर को हँसाना चाहा।

''दीदी, देवी ने अपनी सौगंध दे रखी है। यही कहती है कि मेरा ध्यान मत करो, पढ़ाई पर ध्यान दो।''

पतिदेव जब मुझे मधुकर के प्रसंग में इतना उलझते देखते तो झुँझला जाते, ''मधुकर के इतने परिचित और संबंधी यहाँ रहते हैं। उन्हें इस समस्या से उलझने दो। उसे बार-बार यहाँ रुकने की सलाह मत दो। कहीं कुछ कर बैठा तो तबाही आ जाएगी।''

दिन यों ही पसोपेश में निकल रहे थे। दिन भर तो काम और नौकरी में निकल जाता, फिर घर के काम भी काफी होते हैं। परंतु मन का एक हिस्सा मधुकर की ओर ही लगा रहता। उसका ध्यान आते ही कभी मन में मधुकर के प्रति दया उपजती, 'फूलों के सेज पर सोनेवाले राजकुमार को कहाँ अंधकूप में धकेल दिया गया है।'

तभी दूसरी ओर मन में उसके प्रति रोष भी उपजता, 'अमेरिका कोई काले पानी की सजा थोड़े ही है। यहाँ पढ़ने आने के लिए छात्र एड़ी-चोटी का जोर लगाते हैं। यहाँ आना उपलब्धि माना जाता है।'

□

मधुकर शिकागो से यहाँ पर मानस बनाकर आया था कि अब मन

लगाकर पढ़ाई करेगा। पूर्ण परीक्षा सप्ताह चल रहा था। उसके बाद मधुकर का शिकागो और वहाँ से हमारे यहाँ प्लेन द्वारा आने का कार्यक्रम था। कॉलेज कैंपस में पहुँचते ही आत्मविश्वास के सभी बाँध टूटने लगते। कमरे की सुनसान चारदीवारी में मन डूबने लगता।

जब से मधुकर अमेरिका आया है, एक स्वप्न बराबर उसका पीछा नहीं छोड़ रहा। एक जहाज आया और मधुकर को एक एकांत टापू पर छोड़कर चला जा रहा है। मधुकर टापू पर दौड़ रहा है, जहाज के कप्तान को पुकार रहा है और रुकने की गुहार लगा रहा है, परंतु जहाज पानी को चीरता हुआ दूर-दूर, मधुकर की आँखों से ओझल हो गया है। पसीने से तर-बतर मधुकर की आँख खुल जाती है। टापू को छोड़कर जाते जहाज की स्मृति मधुकर की दृष्टि में बहुधा बनी रहती है।

Dorm और कैंपस के अकेलेपन में मधुकर के मन में गहरा विषाद छाने लगता। बड़ी मुश्किल से प्रथम सेमेस्टर की आखिरी परीक्षा दी। परिणाम बहुत ही निराशाजनक रहा। चार के स्केल पर २.५० ग्रेड पॉइंट एवरेज किसी को भी बताने योग्य नहीं था।

रत्नाजी ने साहस करके अपने साहब से आग्रह किया, "बेटे को वापस बुला लिया जाए।" उनकी ममता इसके आगे कुछ नहीं देख पा रही थी।

देवयानी जब भी मधुकर से फोन पर बात करती तो बस रोती ही रहती। अपनी लाडली को यों बिलखते देख रविकांतजी भी रणजीत चौधरी के दरबार में पहुँचे। उन्होंने भी मधुकर को वापस बुलाने के लिए गुहार लगाई।

रणजीत चौधरी समाज में स्थापित प्रतिष्ठा को यों आसानी से उछलते देखना नहीं चाहते थे। उनका प्रत्येक पग बहुत सधा हुआ होता था। रणवीर सिंह ने अपने भाई साहब को सुझाया कि यहाँ समाज में कह दिया जाएगा कि मधुकर की वहाँ तबीयत खराब हो गई है, अतः वापस बुला लिया है। अमेरिका में रहनेवाले रिश्तेदारों को भी सतर्क कर दिया जाएगा।

□

प्रात:काल अमर सिंहजी के यहाँ फोन की घंटी बजी। ठिठुराती अलसाई रविवार की सुबह-सुबह नींद में खलल पड़ा। अमर सिंह ने झुंझलाते हुए फोन उठाया। दूसरी ओर से रणजीत सिंह चौधरी की आवाज सुनाई दी।

"मधुकर आपके पास कब आ रहा है ?"

"इस बुधवार की शाम तक पहुँचेगा। दो दिन पश्चात् पीट्सबर्ग जाने का कार्यक्रम बना रहा है। आपके विभाग में डी.आई.जी. शर्मा हैं। उनकी बेटी वहाँ रहती हैं। मधुकर प्राय: उनसे बात करता रहता है। उनके यहाँ जाना चाह रहा है।"

डी.आई.जी. शर्मा का नाम रणजीत चौधरी को अच्छा नहीं लगा। हमारे परिवार का उनके अंतरंग दायरे में शामिल होना ठीक नहीं। इसका अर्थ यह हुआ कि उन्हें चौधरी परिवार की अंदरूनी बातों का ज्ञान है।

"नहीं-नहीं, उसे वहाँ न जाने दिया जाए। हमने यह निश्चित किया है कि मधुकर को भारत वापस बुलवा लिया जाए।"

अमर सिंहजी सकपकाए, "नहीं-नहीं, चौधरीजी! मैं उसे समझाऊँगा। अभी तो पहला ही क्वार्टर है। अभी कम-से-कम एक और क्वार्टर तक प्रयास करें।"

"चाहता तो मैं भी यही हूँ, परंतु तुम्हारी बहनजी हठ किए बैठी हैं। उन्हें यह संशय हो रहा है कि पता नहीं वह अपने बेटे को पुन: देख भी पाएँगी या नहीं।"

"अच्छा, मधुकर को आने दीजिए। मैं समझाकर आपसे बात करवाता हूँ।"

मधुकर स्वयं से हताश-निराश और परेशान कभी स्वयं पर रोष दिखाता तो कभी अपने पापा पर क्रुद्ध होता—"यहाँ मुझे अंधकूप में छटपटाने के लिए भेज दिया गया है।"

जैसे ही मधुकर शिकागो पहुँचा, अमर सिंह ने उससे विस्तारपूर्वक बात की, समझाया और मधुकर के चुप्पी साधने पर रणजीत सिंह चौधरी का

निर्णय भी सुना दिया। सबने तुम्हें भारत वापस बुलाया है।

ये वाक्य मधुकर के भीतर गहरे तक उतर गए। कैसा विचित्र है यह मानव मन, जब तक वह भारत वापस जाने की जिद किए बैठा था और परिवेश में सब लोग उसके विपरीत समझा रहे थे तो उसका मन विरोध कर रहा था। आज जब परिजन उसके लौटने के निर्णय पर सहमति दे रहे हैं तो मधुकर को अपनी असफलता पर ग्लानि हो रही है। पापा के सामने, देवी के सामने, जीजी-जीजाजी के सामने कैसे खड़ा हो सकेगा?

□

लखनऊ की एक गरम शाम। शामे अवध के साथ-साथ शामे गरम की भी चर्चा होनी चाहिए। मार्च का आरंभ होते-होते यहाँ सूरज में भी तेजी आने लगती है। अप्रैल तक तो आग बरसने लगती है। पर यदि हवा चलनी बंद हो जाए तो मानो साँस रुकने लग जाती है। रणजीत चौधरी के पास कितनी भी पॉवर हो, वे पुलिस फोर्स को हवा चलाने का आदेश तो दे नहीं सकते थे। परंतु जब से मधुकर को अमेरिका में प्रवेश मिला, रणजीत चौधरी तो अवश्य ही हवा में उड़ रहे थे। उन्हें लखनऊ में अब गरमी नहीं लगती, उस पर मिशिगन यूनिवर्सिटी में दाखिला, जो कि अमेरिका की प्रसिद्ध यूनिवर्सिटी है। रणजीत चौधरी ने मधुकर के अमेरिका जाने के अवसर पर होटल शेरेटन में भव्य भोज का आयोजन किया था। नाम तो मधुकर की विदाई समारोह था, परंतु वास्तविक उद्देश्य तो था अपनी उपलब्धियों की विरुदावली में एक और गौरव गाथा लिखना। पार्टी में मधुकर के बहुत से मित्र, डी.जी.पी. साहब के मित्र और कई नाते-रिश्तेदार आए थे। रणजीत चौधरी के चेहरे पर गौरव, गर्व, संतोष एवं उल्लास की अनोखी आभा थी।

शिकागो की शीत भरी शाम को एकाकी कक्ष में बैठा मधुकर उस पार्टी को, लखनऊ की शाम को याद कर रहा था। अब वापस वह किस मुँह से जाएगा? पापा का कैसे सामना करेगा? दोनों जीजाजी से सिर उठाकर बात कर पाएगा? मित्रों की व्यंग्य-दृष्टि को सह पाएगा क्या? मधुकर का सोचा विश्वास क्षण भर को जागा। वह एक मेधावी छात्र रहा है। थोड़ी मेहनत और

मन लगाकर पढ़ेगा तो उसके ग्रेड सुधर सकते हैं।

□

बृहस्पतिवार की सुबह-सुबह ही रणजीत सिंह चौधरी और रत्नाजी का फोन आया। इस बार फोन पर रत्नाजी पहले आईं, "बेटा मधुकर! बस तू वापस आ जा। हमें नहीं पढ़ाना है तुझे अमेरिका में, तू तो मेरी आँखों के सामने रह।"

देवी ने भी दबी आवाज में मधुकर के भारत आने पर प्रसन्नता प्रकट की।

रणजीत सिंह चौधरी ने अपनी दबंग आवाज में कहा, "ठीक है मधुकर, यदि तुम वहाँ रह नहीं पा रहे हो, तुम्हारा बिलकुल मन नहीं लग रहा है तो वापसी का रिजर्वेशन करवा देंगे और टिकट भी खरीद देंगे।"

अंतिम वाक्य तक आते-आते रणजीत सिंह चौधरी की वाणी शिथिल हो गई। पहली बार उन्हें हथियार डालने पड़ रहे हैं। बेटे ने उन्हें निराश ही नहीं किया, परास्त भी कर दिया।

"ऐसी बात नहीं है, पापा! मैं एक क्वार्टर और प्रयास करूँगा। मैं वचन देता हूँ कि इस बार आपको निराश नहीं करूँगा।"

रणजीत चौधरी के शब्दों में मधुकर उनका चेहरा स्पष्ट देख रहा था। मधुकर के प्रति उनकी निराशा झलक रही थी।

"देख लो बेटा! वहाँ रहना है तो मन लगाकर रहना होगा और मेहनत से पढ़ना होगा। यह रोज-रोज का रोना या दुःखी होना ठीक नहीं। अच्छा, तुम्हारी मम्मी को मैं समझा दूँगा।" यह कहकर चौधरी ने फोन रख दिया। पुनः रत्नाजी को फोन पर आने का अवसर नहीं दिया।

रत्नाजी को और देवयानी को मधुकर का अमेरिका में ठहरने का निर्णय सुना दिया।

इधर मधुकर ने साहस करके रणजीत सिंह चौधरी से कह तो दिया कि वह अमेरिका में रहना चाहता है। परंतु बात समाप्त करते-करते हाथ-पैर काँपने लगे, आँखों के आगे अँधेरा छा गया। हौसले पस्त हो गए। यह क्या कर दिया उसने ? कहाँ तो वह अमेरिका से शीघ्रातिशीघ्र पीछा छुड़ाना चाहता था

और कहाँ और फँस गया। आज मधुकर को टापू पर अकेले छोड़कर जाता जहाज और भी बड़ा दिखाई दे रहा था; परंतु वह देखते-देखते ही ओझल हो गया।

□

२९ दिसंबर की रात। लगभग बारह बज रहे थे। हम सोने का उपक्रम कर रहे थे कि फोन की घंटी बजी। पतिदेव ने फोन उठाया। नींद से बोझिल आवाज सुनकर मधुकर सकपका गया, ''सॉरी जीजाजी! मुझे समय का ध्यान ही नहीं रहा। क्या बारह बज रहे हैं? ऐसे ही नींद नहीं आ रही थी और मन भी घबरा रहा था। सोचा, दीदी से बात कर लूँ।''

''कोई बात नहीं, स्तुति अभी सो रही है। कल सुबह तुमसे बात कर लेगी।''

सुबह-सुबह पतिदेव बोले, ''लगता है। यह मधुकर पगला गया है। आधी रात में फोन आया था। इसे समय का भान ही नहीं था। यहाँ आने के लिए जब मैंने उसका कार्यक्रम पूछा तो बोला—जीजाजी, कैसे आऊँ? न तो हमें यह पता है कि वहाँ एयरपोर्ट कहाँ है और न ही यह पता है कि बस कहाँ से जाती है।''

पच्चीस साल का लड़का इतना अज्ञानी कैसे हो गया? उसका आत्मविश्वास बिलकुल समाप्त हो गया है।

अगले दिन बात करते-करते मैं मधुकर पर झुँझला गई, ''मधुकर, तुमने हम सबको बहुत निराश किया है। कब से हम सब तुम्हें समझा रहे हैं। न तो तुम समझना चाहते हो और न ही सँभलना चाहते हो। न तुम्हें देवी का ध्यान है और न ही अपने पापा-मम्मी का खयाल है।''

''सॉरी दीदी! आगे से अब आपको तंग नहीं करूँगा।''

''नहीं-नहीं, मधुकर, ऐसी कोई बात नहीं है। मैं मैत्रेयी की तरह तुम्हारी बहन हूँ। तुम जब चाहो, मुझसे बात कर सकते हो।'' मधुकर का वाक्य मुझे भीतर तक हिला गया। मुझे दुःख हुआ कि मैं मधुकर के साथ इतनी कठोर क्यों हो गई।

□

मधुकर के साथ निरंतर बात होती ही रहती थी। परंतु अंतिम बार मधुकर से बात करके मन छटपटा रहा था। बेचैनी अनुभव हो रही थी। न मैं चौधरी परिवार और सिसोदिया परिवार की सदस्य हूँ, न ही उनके अंतरंग घेरे में हमारे परिवार को माना जाता है। परंतु फिर भी मैं मधुकर को लेकर चिंतित हूँ। उसके साथ एक अनकहा-सा रिश्ता बन गया है। लेकिन क्या मैं मधुकर को सहारा दे पा रही हूँ?

मैं स्वयं भी आश्वस्त नहीं हूँ।

१ जनवरी, १९८३ की शाम आई। घर पर कुछ मित्र आए हुए थे। लगभग आठ बजे अमर सिंहजी का शिकागो से फोन आया।

पतिदेव ने फोन उठाया, ''मैं शिकागो से अमर सिंह बोल रहा हूँ। आपको एक अत्यंत दुःखद समाचार सुना रहा हूँ। परसों रात मधुकर का एक्सीडेंट हो गया है।''

''क्या…क्या…! ओ माई गॉड!'' पतिदेव की ऊँची आवाज सुनकर मैं रसोई से भागी-भागी आई।

''किसका फोन है?''

''शिकागो से…''

उनका वाक्य पूरा भी नहीं हुआ कि मैं चीख पड़ी, ''मधुकर जिंदा है या नहीं?''

उत्तर में पतिदेव ने न में सिर हिला दिया। मैं हतप्रभ थी, हैरान थी, अपनी प्रतिक्रिया से परेशान थी। क्या मेरे अंतर्मन को पता था कि मधुकर ऐसा कर सकता है? क्या मुझे इस समाचार की प्रतीक्षा थी? आँखें रो रही थीं और मन जड़ हो गया था।

दो दिन बाद साहस जुटाकर मैंने शिकागो फोन किया।

''अमर सिंहजी, कृपया यह बताएँ कि यह सब क्या हो गया? कैसे हो गया?''

''क्या वास्तव में मधुकर का एक्सीडेंट ही हुआ था?''

''यह तो प्रश्न मैं आपसे करने वाला था। क्या आपको मधुकर की हालत का पता था? क्या उसकी दिमागी हालत इस प्रकार की थी कि यह अनर्थ हो सकता था? आपकी तो उससे बात होती रहती थी।'' अमर सिंह जैसे मुझसे मधुकर की सच्चाई सुनना चाहते थे।

''मुझे यह तो पता था कि वह बहुत परेशान है, उसे समझाती भी रहती थी। भारत में भी उनके घर सूचना भिजवाई थी। पिछले दिनों इस विषय पर आपसे भी बात की थी। पर इतना खतरनाक निर्णय ले लेगा, इसकी तो मैंने कल्पना भी नहीं की थी।''

वास्तविकता का ज्ञान न होते हुए भी मैं सबकुछ जान चुकी थी और हम दोनों स्वयं को आश्वस्त करना चाह रहे थे कि हमने अपनी ओर से मधुकर को समझाने का पूरा प्रयास किया था।

''३० दिसंबर की शाम को लगभग छह बजे थे। मधुकर हमें यह कहकर गया कि वह अभी दस मिनट में वापस आता है। जब आधे घंटे तक वापस नहीं आया तो हम लोग घबरा गए। वैसे तो मधुकर के यहाँ रहने से वातावरण तनावपूर्ण रहता था। हमेशा मन आशंकाग्रस्त रहता था। मेरी पत्नी ने तुरंत ही पुलिस को सूचित करने को कहा।''

पूरी रात बीत गई, मधुकर का कोई सुराग नहीं। अमर सिंहजी अपने कुछ मित्रों के साथ आस-पास शॉपिंग मॉल, लाइब्रेरी, रेलवे स्टेशन, बस स्टैंड आदि सभी स्थानों पर मधुकर को खोज आए। आधी रात बीतते-बीतते तो पति-पत्नी दोनों के हौसले पस्त हो गए। सुबह-सुबह ही सब संबंधियों को सूचित कर दिया गया और रणजीत सिंह चौधरी के न्यूयॉर्क, ह्यूस्टन एवं अटलांटा में रह रहे निकटतम मित्रों को भी सूचित कर दिया।

अगले दिन दोपहर के बारह बजे पुलिस का फोन आया कि घर के लोग पास के अस्पताल में आएँ।

सुबह-सुबह एक शव अस्पताल पहुँचा है। शव तो इतना क्षत-विक्षत है कि पहचान ही नहीं पा रहे हैं। जैकेट में पर्स के साथ यूनिवर्सिटी ऑफ मिशिगन Arm Artor का पहचान-पत्र मिला। तुरंत यूनिवर्सिटी में सूचना

भेजी गई। वहाँ रूममेट ने बताया कि मधुकर तो शिकागो गया हुआ है। इसके अतिरिक्त उसके पास कोई और सूचना नहीं थी। चूँकि आपने रिपोर्ट लिखवाई है, अतः आकर बॉडी को पहचान लें। पहचान-पत्र ने सारे रहस्य खोल ही दिए थे। शव को तो पूरी तरह अस्पतालवालों ने दिखाया ही नहीं। हाथ-पैर और कपड़ों से ही मधुकर को पहचाना गया।

देखते-देखते सबकुछ समाप्त हो गया। यह एक ऐसी दुःखद कहानी है, जिसकी दास्तान समय अनेक वर्षों तक सुनाएगा। कितने परिवार बरबाद हुए, इसका अनुमान तो काल को भी नहीं होगा। शिकागो से एक फोन लखनऊ तो करना ही पड़ेगा। यह समाचार देने का साहस किसमें होगा?

मधुकर तो अपना निर्णय ले ही चुका था। उसको लेकर अनेक निर्णय लेने अभी बाकी हैं।

□

मधुकर से हुआ अंतिम वार्त्तालाप मेरे कानों में गूँज रहा है। उसका अंतिम वाक्य 'सॉरी दीदी! अब आगे से आपको तंग नहीं करूँगा।' दिन-रात मुझे सुनाई दे रहा था। मेरा मन मानने को तैयार ही नहीं था कि मधुकर की मृत्यु एक सामान्य मृत्यु थी। मेरे बार-बार आग्रह करने पर अमर सिंह को सत्य उगलना ही पड़ा, "शिकागो में घर के पास West Mont Train Station था। मधुकर को अमर सिंहजी ने ट्रेन का पास बनवा दिया था और कार्यक्रम भी दिलवा दिया, जिससे कभी-कभी घूमने जा सके। स्टेशन उनके घर से आधा मील की दूरी पर ही था। वहीं से प्रति आधे घंटे पर ट्रेन निकलती है। छह बजे मधुकर घर से निकला और स्टेशन पहुँच गया। जैसे ही साढ़े छह बजे की ट्रेन स्टेशन पर रुककर चली, मधुकर ट्रेन के सामने कूद गया।

स्टेशन पर उस समय इतनी भीड़ थी कि किसी को पता ही नहीं चला कि यह लड़का मरने के इरादे से खड़ा हुआ है। प्रत्यक्षदर्शी बताते हैं, "मधुकर प्लेटफॉर्म के अंतिम छोर पर पहुँचकर बिलकुल किनारे खड़ा था। किसी ने ध्यान नहीं दिया। एक चीख के साथ सबकुछ समाप्त हो गया।"

''मधुकर के पास कोई नोट्स मिला? क्या वह कोई पत्र आदि छोड़ गया है?''

''घर पर मधुकर के हाथ का लिखा हुआ एक लंबा पत्र मिला, जो अपने पिता के नाम लिखा हुआ था। हाँ, फोन का लंबा-चौड़ा बिल भी मिला है।''

''हाँ, हमारे पास भी मधुकर ने लगभग बीस बार फोन किया होगा।''

''हाँ, आपका नंबर भी हमें फोन बिल में से ही मिला था।''

मेरे मन में और भी अनेक प्रश्न उमड़ रहे थे; परंतु अमर सिंह बताना नहीं चाह रहे थे। अमर सिंह और उनकी पत्नी दोनों ही हतप्रभ और संत्रस्त थे। यदि यह कहूँ कि गहरे सदमे की स्थिति में थे तो अन्यथा नहीं होगा। ऐसी अनहोनी और उनके ही घर! रणजीत सिंह चौधरी ने अमर सिंह को मधुकर का अमेरिका में संरक्षक बनाया था। अमर सिंह तो इतने टूट गए थे कि फोन पर चौधरी से बात करने का भी साहस नहीं कर पाए। उनके एक मित्र ने ही फोन पर सूचना दी।

□

जीवन अपनी गति से चल रहा था—सुबह से शाम, शाम से सुबह। परंतु मन के दरिया में विचारों की बाढ़ आती रहती थी। रात के समय मधुकर के साथ तीन-चार महीने में हुए एक-एक संवाद चलचित्र की भाँति आ-जा रहे थे। जो हुआ उसे मन मानने को तैयार ही नहीं था। कभी-कभी मैं स्वयं को भी मधुकर की दु:खांतिका के लिए उत्तरदायी ठहराती।

'क्यों नहीं हमने मधुकर को वापस भारत जाने दिया? यहाँ रुकने की सलाह क्यों देते रहे?'

□

अगले ही दिन जब पापा-मम्मी से बात हुई तो उन्हें भी मधुकर का दु:खद समाचार मिल चुका था। उत्तर प्रदेश का संपूर्ण पुलिस विभाग और प्रशासन सकते में था। 'जागरण' के मुख्य पृष्ठ पर समाचार भी छप चुका था—

'मुख्य सचिव के दामाद और पुलिस महानिदेशक के पुत्र की अमेरिका

में दुःखद मृत्यु।'

२१ दिसंबर, १९८३ की बर्फीली सुबह थी। लगभग साढ़े सात का समय था कि रणजीत चौधरी के निवास पर फोन की घंटी बजी। चाय की चुस्की और समाचार-पत्र के समाचारों की गरमाहट का आनंद लेते रणजीत चौधरी ने ही फोन उठाया। उस तरफ से जो समाचार उन्हें मिला कि⋯

रणजीत चौधरी पागलों की तरह घर से बाहर भागे और यही चीखते रहे—"मैंने अपने बेटे को मार डाला! मैंने अपने बेटे को मार डाला!"

बड़ी मुश्किल से उन्हें घर के भीतर लाया गया। संयोगवश रणवीर सिंह चौधरी वहीं थे। उन्होंने ही आगे का समाचार सुना और बात सँभाली।

रणवीर सिंह चौधरी में मधुकर की आत्महत्या का समाचार देने का साहस नहीं था। परिवार के सब सदस्यों को तो यही कहा गया कि उसकी रेल दुर्घटना में मृत्यु हो गई है।

मेरे मन में तो प्रश्नों के गुबार उठ रहे थे। मम्मी से क्या पूछूँ, क्या नहीं? देवयानी का भोला चेहरा, रत्नाजी की सिर ढकी गरिमामय छवि और मैत्रेयी का खिलखिलाता चेहरा सामने आ जाता।

मैत्रेयी को जब यह समाचार मिला तो वह बेहोश होकर गिर पड़ी। रत्नाजी और देवी की हालत तो देखी नहीं जाती। दोनों को नींद के शॉट्स देकर सुलाए रखना पड़ता है।

"आपको पता है कि मधुकर की मृत्यु कैसे हुई है?"

"यहाँ तो सबको यही बताया गया है कि ट्रेन दुर्घटना में उसकी मृत्यु हुई है। पर बेटा, यहाँ सब यही कह रहे हैं कि अमेरिका में तो ट्रेन पूरी तरह से बंद होती हैं। यहाँ की तरह खुली तो होतीं नहीं। वहाँ सुरक्षा की भी पूरी व्यवस्था होती है। सबके मन में इस सूचना से संदेह है; परंतु यह रणजीत सिंह चौधरी के घर की बात है, न तो कोई कह सकता है, न ही पूछ सकता है।"

□

मेरा मन चीख-चीखकर कह रहा था कि यह सब झूठ है। जीवन की इतनी बड़ी चोट लगने के बाद भी चौधरी साहब के तेवर ढीले नहीं पड़े। पूरी

तरह लुट जाने के पश्चात् भी अब वे क्या समेटना चाह रहे हैं?

पतिदेव मेरे कंधे सहलाते हुए बोले, ''बस, अधिक उत्तेजित होने की आवश्यकता नहीं है। रणजीत सिंह चौधरी को पता है कि उन्हें क्या करना है, क्या नहीं। तुम कल की लड़की उन्हें क्या सबक सिखाना चाह रही हो?''

''मैं उन्हें क्या सबक सिखाऊँगी! ईश्वर ने एक ही झटके में उनके सारे पापों का हिसाब बराबर कर दिया।''

''मधुकर की दु:खांतिका की वास्तविकता छुपाने के पीछे आज भी रणजीत चौधरी का अहंकार ही है, सामाजिक दिखावा है, अभिमान है।''

वह समाज के सामने स्वयं को परास्त नहीं देखना चाहते हैं। मैं स्वयं को यही तर्क देती।

अब सत्य उगलकर भी क्या मिलेगा सबको? रत्ना आंटी और देवी को और भी पीड़ा पहुँचेगी। दूसरा पक्ष तर्क करता।

'नहीं-नहीं! रणजीत सिंह चौधरी जैसे व्यक्ति परिजनों की भावनाओं को ध्यान में रखकर कार्य नहीं करते हैं। ऐसे आत्मकेंद्रित व्यक्ति मात्र अपना ही विचार करते हैं।'

मम्मी फोन पर कह रही थीं, ''बेटा, सब लोग यही कहते हैं कि भगवान् रणजीत सिंह चौधरी जैसे इनसान को भी ऐसी सजा न दे। न तो इनसान जी सके और न ही मर सके। रत्नाजी तो अर्धविक्षिप्त-सी हो गई हैं।

''जब मधुकर अमेरिका जा रहा था, उनका मन बार-बार कह रहा था कि अपने बेटे को पुनः नहीं देख पाएँगी। एक अज्ञात भय उनके मन में शुरू से ही पनप रहा था। जब भी वे अपने साहब की ओर देखती हैं, आग्नेय नेत्रों से पूछना चाहती हैं, 'क्यों मार दिया मेरे बेटे को? उसकी इच्छा के विरुद्ध अमेरिका क्यों भेज दिया?' रत्नाजी कई-कई दिन तक सो नहीं पाती हैं। फटी-फटी आँखों से आसमान की ओर देखती रहती हैं। फैमिली डॉक्टर माथुर का कहना है कि एक सामान्य जीवन जीने के लिए रत्नाजी का रोना बहुत आवश्यक है। आखिर शॉट्स देकर कब तक सुलाया जा सकता है।''

भाग्यश्री आंटी कहतीं, ''कैसा छलावा किया है भाग्य ने हमारे साथ।

यह लड़की मात्र तीस दिन साथ रहने की गुनहगार है। बस, गेंद की भाँति मायके और ससुराल में उछल रही है।''

□

मधुकर की आत्महत्या के सत्य को भारत में पूरी तरह ढककर रखा गया था। पतिदेव ने मुझे भी पूरी तरह सतर्क कर दिया था कि मैं पापा-मम्मी को मधुकर के विषय में और कुछ नहीं लिखूँ, ''अभी भी रणजीत सिंह चौधरी पापा के सुपर बॉस हैं। उन्हें जरा भी आभास हो गया कि तुम्हारे द्वारा मधुकर की मृत्यु की वास्तविकता लोगों तक पहुँची है तो पापा की मुसीबत आ सकती थी।''

लोग पापा से दबी जबान में पूछते कि आपको स्तुति ने कुछ तो लिखा होगा। उसकी तो मधुकर से बात होती रहती थी।

एक ओर मधुकर की ऐसी दु:खांतिक और दूसरी ओर रणजीत सिंह चौधरी का यह रवैया मेरे भीतर कुंडली मारकर मुझे डस रहा था। अंतत: मैंने पत्र लिख ही दिया और सब विवरण विस्तार से लिखा। उस पत्र का उल्लेख भी कर दिया, जो मधुकर अपने पिता के लिए छोड़ गया था। मेरी दृष्टि में देवी और रत्ना आंटी को सत्य जानने का अधिकार था, चाहे वह सत्य अति भीषण ही क्यों न हो।

अगली फोन-वार्त्ता में मैंने देवी और रत्ना आंटी के विषय में भी पूछा कि आंटी कुछ सँभलीं या नहीं?

मम्मी ने सारा हाल सुनाना आरंभ किया, ''बेटे की ऐसी दु:खद मृत्यु के पश्चात् किसी भी माँ का सँभलना असंभव-सा ही होता है। पूरा पुलिस विभाग सदमे में है। टंडन, पांडे और अस्थाना के बेटों को भी यू.एस. में प्रवेश मिला था; परंतु उन्होंने तुरंत बच्चों का जाना रोक दिया।''

''पापा, क्या रणजीत चौधरी के अटल राजयोग के दस वर्ष पूरे हो गए हैं? मेरठ में सन् १९७३ अपने ही घर ज्योतिषी मिश्राजी ने रत्ना आंटी का हाथ देखकर दस वर्ष के अटल राजयोग की घोषणा की थी। अब १९८३ का वर्ष आ गया है।''

“हाँ बेटा! तुम्हें खूब ध्यान रहा। जाने-अनजाने ये भविष्यवाणियाँ सत्य हो जाती हैं। रणजीत सिंह चौधरी का सेवाकाल बहुत अनाचारपूर्ण रहा, परंतु उसका अंत इतना दुःखदायी होगा, इसकी गणना तो ज्योतिषी मिश्राजी ने भी नहीं की होगी।”

“मम्मी, आपको मेरा पत्र मिला? क्या आपने भाग्यश्री आंटी और देवी को सच्चाई से अवगत कराया?”

“बेटा, हमें तुम्हारा पत्र मिल गया था। मधुकर ने यह कैसी मूर्खता की? उसे अपनी परिस्थिति का या देवी के आँसुओं का जरा भी अनुमान होता तो वह आत्महंता नहीं बनता। यह एक युवा जीवन का ही मरण नहीं हुआ, वरन् दो परिवार जीते-जी मर गए। हमने तो पत्र पढ़कर फाड़कर फेंक दिया। अनेक लोग हमसे मधुकर की मृत्यु की सच्चाई जानना चाहते हैं; परंतु इस विषय में हमारा चुप्पी साधना ही उचित है।”

धीरे-धीरे मधुकर वर्तमान से अतीत और सत्य से स्मृति बनता जा रहा था। हम सब अपने-अपने जीवन में व्यस्त थे, परंतु मन के एक कोने में मधुकर की स्मृतियाँ स्थायी जगह बना चुकी थीं।

जनवरी १९८३ के बाद घटनाक्रम तेजी से बदला और पुलिस विभाग के आसमान में रणजीत चौधरी का सूर्यास्त हुआ। डी.जी.पी. पद से हटाकर विशिष्ट निदेशक भ्रष्टाचार नियंत्रक विभाग के विशेष पद का सृजन किया गया। अब रणजीत चौधरी के पास पद की वह गरमी नहीं रही थी, परंतु धन की गरमी इस गद्दी पर भी बहुत थी।

□

रत्नाजी

मधुकर के अंतिम अवशेष एक बोतल में और उसके हाथ का लिखा अंतिम पत्र अमर सिंहजी के द्वारा भारत पहुँचा। १ जनवरी, १९८३ का अभिशप्त दिवस रत्नाजी के सामान्य जीवन का अंतिम दिवस था। कई-कई दिनों तक नींद न आना, नींद के शॉट्स देने पर कई-कई के अंतस्तल दिन सोना, उसके बाद बदहवास की स्थिति। कभी-कभी रोना आरंभ कर देतीं तो

चुप होने का नाम ही नहीं लेतीं। मानो शरीर की समस्त शक्ति किसी ने निचोड़ ली हो।

रत्नाजी की वेदना मन के अंतस्तल में समा गई। वहाँ वे मधुकर की स्मृति में इतनी खो गईं कि बाहरी जगत् से उनका नाता ही टूट गया। कभी-कभी मिलनेवाले अतिपरिचित को भी नहीं पहचान पातीं। आगंतुक को लगातार घूर-घूरकर देखती रहतीं तो सामनेवाला सकपका जाता।

रत्नाजी की स्थिति देखकर रणजीत सिंह चौधरी झुँझला जाते। दोनों बेटियाँ मंदिरा-मैत्रेयी भी हथियार डाल देतीं।

मैत्रेयी और मंदिरा को अपनी पुरानी माँ याद आतीं, जो बेटियों के घर आने पर तरह-तरह के माल-पकवान बनवातीं। उनकी गोद गहनों और कपड़ों से भर देतीं। कितनी ही साड़ियाँ, सेट और अन्य अनेक उपहार साथ ले जातीं। रणजीत सिंह चौधरी के दामाद भी जब लखनऊ पधारते तो पूरा पुलिस विभाग उनकी खातिरदारी में जुट जाता। चाटुकार अधिकारी रणजीत सिंह चौधरी के दामादों का सेवा-सत्कार कर डी.जी.पी. साहब की अनुगृहीत भूमि में नाम लिखवाना चाहते।

मैत्रेयी और मंदिरा कुछ समय माँ के पास रहकर अपने-अपने घर चली गईं। बच्चों के स्कूल खुल रहे थे। उन्हें भी अपनी गृहस्थी सँभालनी थी। रिश्तेदार भी समय-समय पर आते-जाते रहते। अब डी.जी.पी. साहब के हवेलीनुमा घर में तीन प्राणी रह गए थे—रणजीत चौधरी, रत्ना चौधरी, देवयानी सिसोदिया चौधरी और नौकरों की एक बड़ी सेना।

सोलह वर्ष की आयु में रत्ना चौधरी ने अपने सिर पर पल्ला जो रखा, वह घर की बड़ी बहू होने के बोझ से, दबंग और रोबीले पति के खौफ से, अपार संपदा और सामाजिक प्रतिष्ठा के दबाव से भारी होता चला गया। रत्ना चौधरी ने कभी भी अपने पति की ओर सीधी दृष्टि से देखने का साहस नहीं किया।

पैंतीस साल के वैवाहिक जीवन में रत्नाजी ने अपने साहब के अनेक अन्याय एवं अत्याचार सहे हैं। कभी आँखों देखे तो कभी कानों सुने।

रणजीत चौधरी के दस वर्ष के एकच्छत्र कार्यकाल में पुलिस विभाग

के कितने ही अधिकारी और कर्मचारियों के कैरियर तथा जीवन बरबाद हुए हैं। इसका कोई हिसाब नहीं है। चौधरी के खौफ के कारण कोई कुछ नहीं कहता था; परंतु पुलिस विभाग की पार्टियों, जलसों और समारोहों में सबकी आँखों के पीछे से झाँकती शिकायत को रत्नाजी ने खूब देखा। वे चाहकर भी नजरअंदाज नहीं कर पाती थीं।

'भई, हमें भी दिखाओ रणजीत सिंह चौधरी की धर्मपत्नी कैसी दिखती है।'

'अच्छा तो ये हैं! अरे, ये तो बिलकुल सीधी लगती हैं।'

'इनके पति ऐसे खूँखार!'

ऐसी कितनी ही कानाफूसी रत्नाजी ने सुनी थी।

रत्नाजी अपने पति के रंगीले स्वभाव से भी अनभिज्ञ नहीं थीं। उनके साहब का कई-कई दिन टूर पर जाना। उन्हें पता था कि वे कैसे टूर पर जाते हैं। कभी होटल में, कभी रिसोर्ट्स में, कभी सिंगापुर-हांगकांग भी।

रत्नाजी का अपने पति के सूटकेस में अपरिचित परफ्यूम सूँघना, कपड़ों पर लिपस्टिक के दाग, एक-दो बार अश्लील पत्रिकाएँ भी मिलीं तो एक बार ब्रा भी चौधरीजी के सामान में मिली।

अनेक कहे-अनकहे सबूत हैं रत्नाजी के स्मृति-कोष में। रत्नाजी, जो अपने पति की सामाजिक प्रतिष्ठा, ऊँची नौकरी और बच्चों की दुनिया में पूरी तरह संतुष्ट थीं। रणजीत सिंह चौधरी अपने पति होने के दायित्व का भी पूरी तरह निर्वाह करते थे। मन के अरमान पूरे करने के लिए उनके पास अपार साधन थे और लंबी-चौड़ी बाहरी दुनिया थी। भीतर और बाहर की दुनिया में चौधरीजी ने खासा सामंजस्य स्थापित कर रखा था।

रत्नाजी के संस्कार उन्हें सिखाते थे कि 'पति से कोई प्रश्न नहीं करना है।'

अपने पति की कितनी ही प्रेयसियों के नाम उनके कान में सीसे की तरह पिघले हैं। पार्टी में जहाँ रत्नाजी भारी कामदार साड़ी पहने, सिर ढके एक कोने में बैठी रहतीं वहीं रणजीत सिंह चौधरी शराब के दौर में सबसे आगे,

महिलाओं के बीच सबसे वाचाल और हँसी-ठट्ठा करते मिलते। बातों-बातों में हाथ थाम लेना, महिलाओं की कमर में हाथ डाल देना आम बात थी। रत्नाजी की आँखों ने बहुत कुछ देखा है और सहा है, परंतु कुछ पूछा नहीं है अपने साहब से।

जब से मधुकर भारत से अमेरिका और अमेरिका से दूसरी दुनिया में चला गया है, रत्नाजी इसके लिए अपने पति को दोषी मानती हैं। मधुकर तो जाना ही नहीं चाहता था। यह तो उनके साहब की मनमानी थी। इधर बेटे को सेहरा पहनाया, उधर कफन भी ओढ़ाया। मधुकर को खोने की पीड़ा में रत्नाजी ने अपने जीवन भर की पीड़ाएँ, आँसू, अनाचार और अन्याय समाहित कर दिए हैं।

अब तक पति की ओर निगाह भी उठाने का साहस न करनेवाली रत्नाजी की आँखें रणजीत सिंह चौधरी को भीतर तक छेदती हैं। रत्नाजी के आग्नेय नेत्र अपने पति का पीछा नहीं छोड़ते। रत्नाजी का सारा रोष और उलाहने रणजीत सिंह चौधरी पर केंद्रित हो गए हैं। रणजीत सिंह चौधरी अपनी गाय समान सीधी और भोली पत्नी के मूक युद्ध से हार जाते। लाख पूछने पर बोलती नहीं, बस आग्नेय नेत्रों से घूरती रहतीं। रणजीत सिंह चौधरी ने अपने जीवन में कितने ही प्रतिद्वंद्वियों को परास्त किया है; परंतु इन दो आँखों ने उन्हें हिला दिया।

□

रणजीत सिंह चौधरी

'भगवान् रणजीत सिंह चौधरी जैसे इनसान को भी ऐसी सजा न दे।' यह उनके परिवेश में रहनेवालों की प्रथम प्रतिक्रिया थी।

'क्या इतने बड़े सदमे के पश्चात् रणजीत सिंह चौधरी के व्यवहार में कोई सुधार आएगा?' यह लोगों की दूसरी प्रतिक्रिया थी। पूरा पुलिस विभाग हिमालय के पिघलने की प्रतीक्षा में था।

आज मधुकर की मृत्यु के दो माह बाद रणजीत सिंह चौधरी अपने ऑफिस गए हैं। दिन भर कार्यालय के लोग एक-एक करके उनके ऑफिस में आते रहे। आज पहली बार रणजीत सिंह चौधरी अपनी कुरसी पर अकड़कर

नहीं बैठे हैं। उनकी आँखें नीचे झुकी हुई हैं। यह सब बेटे को खोने के कारण नहीं, बेटे के जाने के बाद उपजी आत्मग्लानि के कारण हुआ है। क्योंकि यह तीर उनके भीतर कहीं गहरे धँस गया है कि पुलिस विभाग में अपने अधीन कर्मचारियों और अधिकारियों के प्रति उनके अन्याय के कारण ही भगवान् ने उनका बेटा उनसे छीना है। शाम तक कार्यालय में बैठे रहना उनके लिए असहनीय हो गया। घर आकर अपने अध्ययन कक्ष में बैठकर बहुत देर तक रोते रहे।

चौधरी के जमाने में विभाग के दो गुट बन गए थे। एक गुट था उनके चाटुकार, प्रशंसक और अनुगामी अधिकारियों का और दूसरा गुट था उनसे प्रताड़ित, पीड़ित और त्रस्त अधिकारियों का।

आज रणजीत चौधरी दोनों ही गुटों से आँख नहीं मिला पा रहे थे। अन्याय तो दोनों ही ओर से हुआ है। हेड कांस्टेबल लच्छू सिंह, सब-इंस्पेक्टर चौबे, डी.एस.पी. यादव, सर्किल इंस्पेक्टर सक्सेना, थानेदार मिश्रा, ए.एस.पी. जायसवाल, एस.पी. गुप्ता, जेलर रामवीर सिंह और डी.आई.जी. शर्मा आदि-आदि अनेक नाम रणजीत चौधरी के खाते में दर्ज हैं। जो समय-समय पर उनके अन्याय और अनाचार के शिकार हुए हैं।

□

रविवार की दोपहर को रत्नाजी को नींद के शॉट्स देकर सुलाया गया था। गौतम पल्ली स्थित डी.जी.पी. की आलीशान कोठी में सन्नाटा छाया हुआ था। इस अलसाई शाम को रणजीत चौधरी लॉन में टहल रहे थे। सामने से एक दंपती ने कोठी में प्रवेश किया। अर्दली ने साहब को आकर ए.एस.पी. जायसवाल और उनकी पत्नी के आने की सूचना दी। संभवतः दोनों शोक प्रकट करने आए होंगे। आजकल जो भी मिलने आता है, इसी कारण से आता है। परंतु ए.एस.पी. जायसवाल···इस वाक्य को सुनकर रणजीत सिंह चौधरी चौंके। जायसवाल और मेरे घर··· ?

ए.एस.पी. जायसवाल को पिछले वर्ष ही रणजीत चौधरी ने निलंबित किया था। आगरा में नियुक्त रणजीत चौधरी के प्रिय आई.जी. कामत ने तो

जायसवाल के विरुद्ध केस बनाकर भेजा था। अब कामत को चुप रखना आवश्यक था। अतः बिना किसी जाँच-पड़ताल के जायसवाल को नकारा अधिकारी के आधार पर तुरंत निलंबित कर दिया गया।

परंतु वास्तविकता तो कुछ और ही थी। जायसवाल उस समय आगरा जेल और उसके निकटवर्ती क्षेत्र में नियुक्त थे। दो प्रमुख राजनीतिक कैदी जेल से भाग निकलने में सफल हो गए।

आगरा कॉलेज के छात्रों की इन दो नेताओं ने पिटाई करवा दी। पूरे नगर में रोष फैल गया। विपक्ष और छात्रों के दबाव के कारण पुलिस को गिरफ्तारी करनी पड़ी। परंतु अगले ही दिन आगरा के विधायक ने कामत के पास आदेश भिजवाया कि इन दोनों नेताओं को जेल से भाग जाने दिया जाए। स्थानीय नियुक्त सुरक्षाकर्मियों को पैसा खिलाया गया और दोनों नेता जेल से भाग निकले। आई.जी. कामत भी अपने लाभ के हित में चुप्पी साधे रहे। परंतु नगर में तो लोहा अभी गरम था। तप रहा था और प्रहार किया गया सीधे जायसवाल पर।

निलंबन के आदेश-पत्र लेते हुए जायसवाल ने यही कहा, ''साहब, पूरे पुलिस विभाग की भीड़ में क्या मैं ही एक नकारा अफसर दिखाई दिया? आपको पता है कि आगरा जेल के इस कांड के लिए कौन-कौन उत्तरदायी हैं। एक मैं ही दोषी बना? मुझे मात्र इसलिए घेरा गया कि मैं आई.जी. साहब को प्रसन्न नहीं रख सका।''

आज वे ही जायसवाल सामने खड़े हैं। पिछले महीने ही अपने पद पर पुनः बहाल हो पाए हैं। रणजीत चौधरी भलीभाँति जानते थे कि जायसवाल निर्दोष हैं। एक निर्दोष सजा काटकर सामने खड़ा है। अचानक ही रणजीत सिंह चौधरी जायसवाल का हाथ पकड़कर फूट-फूटकर रोने लगे, ''जायसवाल, मुझे माफ कर दो। तुम्हारा अपराधी हूँ मैं। मैंने तुम्हें गलत फँसाया था। इसी की सजा मुझे भगवान् ने दी है।''

उठकर श्रीमती जायसवाल के सामने जाकर गिड़गिड़ाने लगे। माफी माँगने लगे। दोनों सकपकाकर खड़े हो गए। रणजीत सिंह चौधरी का यह सर्वथा नया और अकल्पनीय रूप था। वह तो भला हुआ कि ओमप्रकाश

ड्राइवर पास ही खड़ा था। वह साहब का हाथ पकड़कर भीतर ले गया।

□

मधुकर के जाने के बाद कुछ समय तक रणजीत सिंह चौधरी पश्चात्ताप की अग्नि में झुलसते रहे। अपने कुकृत्यों पर पछताते रहे। मनुष्य के स्मृति-बैंक में सत्कर्मों का और दुष्कर्मों का पूरा हिसाब-किताब जमा रहता है। मानव भूलता कुछ भी नहीं है, चाहे वह कर्मों को गिनना चाहे या न चाहे।

कुछ दिन रणजीत चौधरी अपने इन सब भूले हुए कुकर्मों को याद करते रहे। अप्रैल की गुनगुनी दुपहरी थी। डी.जी.पी. कोठी में घोर सन्नाटा पसरा हुआ था। एकाएक रणजीत चौधरी नंगे पाँव ही अपने घर से चुपके से बाहर निकले और चलते गए, चलते गए। उन्हें समय का कुछ भान नहीं था। आधा घंटे चलने के पश्चात् एक प्याऊ उन्हें दिखाई दिया। रणजीत चौधरी वहाँ बैठकर आने-जानेवालों को पानी पिलाने लगे। रोते जा रहे थे और पानी पिलाते जा रहे थे। द्वार पर स्थित अर्दली ने उन्हें देख लिया था।

ओमप्रकाश नामक ड्राइवर जीप लेकर अपने साहब को ढूँढ़ने निकला। वस्त्र फैले हुए, नंगे पाँव दयनीय स्थिति में चौधरी साहब को प्याऊ पर बैठे देखा। सप्रयास मिन्नत करके और उनका हाथ पकड़कर वह डी.जी.पी. साहब को घर लाया।

□

ओमप्रकाश ड्राइवर चौधरी साहब के गाँव का ही रहनेवाला था। पिछले तीस वर्षों से छाया की भाँति वह उनका अनुसरण कर रहा था। अस्थायी से चपरासी बना और बाद में ड्राइवर। जहाँ-जहाँ चौधरी साहब का स्थानांतरण हुआ वहीं ओमप्रकाश भी उनके साथ जाता रहा। रत्नाजी का वह विशेष कृपापात्र रहा है। चौधरी परिवार के प्रत्येक सुख-दुःख का वह साक्षी रहा। मैत्रेयी, मधुकर और मंदिरा को उसने गोदी में खिलाया है तो उनके विवाह में काम भी किया है।

मधुकर के जन्म पर रणजीत चौधरी को अस्पताल से आकर घर पर यह शुभ संदेश ओमप्रकाश ने ही सुनाया था। ओमप्रकाश को भली-भाँति याद

है कि प्रसन्नता के कारण चौधरीजी की आँखें भीग गई थीं। उन्होंने अपनी जेब से रुपयों की पूरी गड्डी निकालकर बख्शीश के रूप में उसके हाथों पर रख दी।

मधुकर के विवाह पर भी रत्नाजी ने ओमप्रकाश को घड़ी और उसकी पत्नी को सोने की चेन दी थी। परंतु अब मधुकर के चले जाने के पश्चात् वह अपने साहब के परिवार को बिखरते, टूटते हुए देख रहा है। मेम साहब तो अर्ध-विक्षिप्त हो ही गई हैं...। कभी-कभी तो उसे भी नहीं पहचानतीं। अब अपने साहब की ऐसी दयनीय दशा देखकर वह घबरा गया। क्या साहब का रोब था और कहाँ यह दीन अवस्था। इसी प्रकार चलता रहा तो साहब भी पागल हो जाएँगे। ओमप्रकाश के मुँह से यही निकला—"मधुकर बेटा, तूने यह क्या किया?"

एक दिन साहस करके ओमप्रकाश ने चौधरी साहब के छोटे भाई रणवीर सिंह को कानपुर फोन किया और चौधरी साहब की स्थिति का विवरण दिया। उपर्युक्त दोनों घटनाओं के विषय में भी बता दिया।

□

रणवीर सिंह के लिए यह आवश्यक हो गया कि अपने बड़े भाई के पुराने तेवर वापस लाएँ। जिस प्रकार श्मशान-वैराग्य होता है उसी प्रकार श्मशान-ग्लानि भी होती है। समय व्यक्ति को पुराने जामे में ला ही देता है। अतः पुराने दिन डी.जी.पी. निवास में लाने आवश्यक थे। रणवीर सिंहजी ने चौधरी साहब की अंतरंग मित्र-मंडली उद्योगपति तापड़िया, आई.जी. कामत, आई.जी. अस्थाना, उद्योग निदेशक माथुर और वकील चौहान से संपर्क किया। सबने यही निश्चय किया कि डी.जी.पी. निवास पहुँचकर रणजीत चौधरी को इस विषादमयी दुनिया से बाहर निकाला जाए।

□

दुःख सहने की क्षमता हर मानव में अलग-अलग होती है। यदि इनसान दुःख पाकर टूट जाए तो जी नहीं पाए। दुःख ने उससे पूर्व ही उसकी आंतरिक शक्ति को निचोड़ दिया है। आंतरिक मृत्यु बाहरी मृत्यु से पूर्व ही हो

चुकी है। रत्नाजी की जीवन-शक्ति तो मधुकर के अमेरिका जाने पर ही समाप्त हो चुकी थी। उसकी मृत्यु के समाचार ने तो बाहरी रूप में उनकी संज्ञा लुप्त की थी। इस घटना के बाद भी अनेक वर्षों तक उनकी साँस चलती रही अपने कर्मों का भुगतान करने के लिए।

कहते हैं कि ईश्वर जिस व्यक्ति को जितना अधिक प्यार करते हैं उसे उतना ही अधिक दुःख देते हैं। दुःख मानव को ईश्वर के निकट लाता है। उसे अग्नि में तपा कर कुंदन बनाता है। यह अग्नि उन्हीं पर लागू होती है जो दुःख को भगवत् कृपा मानकर अपना सर्वस्व समर्पण कर देते हैं।

परंतु आम व्यक्ति की जाति तो रत्नाजी के समान ही होती है, क्योंकि इकलौते बेटे को खोकर कौन सी माँ सामान्य जीवन जी सकती है।

परंतु पिता, उनकी क्या गति होती है ? इन दो मार्गों के अतिरिक्त क्या कोई अन्य मार्ग भी है। रणवीर सिंह चौधरी ने अपने भाई के लिए तृतीय मार्ग ही चुना।

चौधरी के परम मित्र जून की झुलसती गरमी में डी.जी.पी. निवास पर पहुँचे। बाहर अग्नि बरस रही थी। सड़क पिघल रही थी। ऐसी गरमी कि पंछी भी उड़ने का साहस नहीं कर रहे, डैने समेटकर शाम के ढलने की प्रतीक्षा कर रहे हैं।

रत्नाजी अपने कमरे में थीं। देवी भी घर के किस कोने में तिरोहित थी। रणजीत सिंह चौधरी टी.वी. के चैनल को बदल-बदलकर कुछ भी नहीं देख पा रहे थे। अप्रत्याशित अपनी मित्र-मंडली को देखकर राहत की साँस ली। शनिवार की यह शाम उन्हें रत्नाजी के आग्नेय नेत्रों को झेलकर नहीं काटनी पड़ेगी।

आज पुरानी महफिल देखकर चौधरीजी चौंके भी और प्रसन्न भी हुए। आई.जी. कामत, अस्थाना, उद्योगपति तापड़िया, वकील चौहान और सेक्रेटरी माथुर उनके सभी आत्मीय, विशेष प्रिय मित्र, उनकी पूरी टीम उपस्थित थी।

पीछे-पीछे रामलाल—रणजीत चौधरी का व्यक्तिगत अर्दली—ह्विस्की, सोडा, बरफी, काजू, नमकीन, फिश कटलेट्स आदि लेकर पहुँचा। पहले ही

पूरा प्रबंध किया जा चुका था। आज पूरे पाँच माह हो गए हैं डी.जी.पी. चौधरी ने मदिरा को हाथ नहीं लगाया है। जब से मधुकर गया है, घर में सब सहानुभूति जताने ही आते हैं। आते तो हैं लोग दुःख बाँटने, परंतु जाते-जाते दुःख बढ़ा जाते हैं। मधुकर के साथ सब रंग, उमंग, तरंग चले गए हैं।

डी.जी.पी. निवास मरघट बन गया है। रत्नाजी चलती-फिरती लाश बन गई हैं। जब भी रणजीत सिंह चौधरी रत्नाजी के कक्ष की ओर जाते, उन्हें घुटन महसूस होती। न तो वे रत्नाजी का सामना कर पाते, न ही उनके पास बैठ पाते और न ही भाग पाते।

रणवीर चौधरी बड़े भाई के पास मित्र-मंडली को पहुँचाकर रत्ना भाभी के कक्ष की ओर बढ़ गए। सदा स्नेही और माँ समान भाभी प्रस्तर की मूर्ति बन गई है। कोई आए या जाए, उनके चेहरे पर न विषाद और न हर्ष।

रणवीर चौधरी कुछ देर रत्नाजी के पास बैठकर बाहर निकलने वाले ही थे कि देवयानी चाय लाने का आदेश देकर कमरे के भीतर आई। हलके रंग की साड़ी पहने हुए, सिर ढके, सूनी माँग, सूना माथा। मुसकराने का प्रयास कर रही थी। यदि आज उनकी बेटी ऐसी स्थिति में होती तो ? रणवीर चौधरी इस कल्पना से ही भीतर तक सिहर गए। चालीस दिन की सधवा और आजीवन विधवा। यह कैसा अन्याय है ? रविकांतजी और भाग्यश्री पर क्या बीत रही होगी ?

□

इधर रणजीत सिंह चौधरी मित्र-मंडली को देखकर सकपकाए अवश्य, परंतु भीतर-भीतर आंदोलित भी हुए। वे स्वयं भी इस नीरस-अपराध बोध से ग्रसित, अभिशप्त जीवन से ऊब चुके थे। परंतु ऐसे दुविधाग्रस्त क्षणों में वे पहल कैसे कर सकते थे ?

पूरी मंडली को एक साथ देखकर बोले, "अरे तापड़िया, कामत, अस्थाना, माथुर और चौहान ! तुम सब एक साथ यहाँ !"

"अरे भाई, तुम हमें चाहे भूल जाओ, हम नहीं भूले हैं।"

"आज बहुत दिनों बाद मिले हैं। एक-एक पैग हो जाए।"

एक समय था, जब डी.जी.पी. निवास पर महीने में एक या दो बार महफिल अवश्य सजती थी, बाकी समय बाहर। धीरे-धीरे रणजीत चौधरी अपने पुराने रंग में रँगते चले गए। उनके साथियों और चाटुकारों की लंबी भीड़ ने उन्हें पुनः सुरा-सुंदरियों, शिकार, झूठ, गोल्फ आदि व्यसनों में डुबो दिया।

इस प्रत्यावर्तन के पश्चात् रणजीत सिंह चौधरी का जो नया रूप सामने आया, वह पूर्व से भी अधिक विकराल था। अपने बचे-खुचे कार्यकाल में रणजीत सिंह चौधरी ने जुल्म की सारी सीमाएँ तोड़ दीं। भ्रष्टाचार-निरोधक के निदेशक पद से उन्होंने किसी भी विभाग के किसी भी अधिकारी को नहीं छोड़ा। जो उनकी गिरफ्त से बच पाए वे भाग्यशाली ही थे।

पापा बताने लगे, "बेटा, पता नहीं क्या हुआ, रणजीत चौधरी मधुकर के जाने के पश्चात् कुछ समय तक तो पश्चात्ताप की अग्नि में जलते रहे। हम सबने यही सोचा कि सोना तपकर कुंदन बन रहा है; परंतु वह तो लोहे से भी कठोर बनकर निकला। चौधरी को किसी का भी हँसना-बोलना और सुखी जीवन रास नहीं आता था। किसी भी अधिकारी के घर में प्रसन्नता के क्षण आएँ, उससे पूर्व चौधरी साहब उसे रुलाना चाहते थे। बेटी का विवाह हो तो उनका विभाग तलाशी के लिए उस अधिकारी के घर पहुँच जाता। किसी अधिकारी का अवकाश ग्रहण समारोह हो तो चौधरी साहब का विभाग चार्जशीट थमा देता। ईश्वर ने जो दुःख चौधरी साहब को दिया था उसकी आपूर्ति वे सबको सताने से करते।"

□

देवयानी

सन् १९८२ के अगस्त माह में देवयानी ने लखनऊ विश्वविद्यालय में इतिहास विभाग में एम.ए. में प्रवेश ले लिया। एक ड्राइवर और अर्दली के साथ देवयानी की कार जब विश्वविद्यालय के प्रांगण में प्रवेश करती तो सैकड़ों आँखें उसका पीछा करतीं। इतिहास विभाग ही नहीं, अन्य विभाग के छात्र-छात्राएँ भी देवी की एक छवि पाने के लिए उसकी कार पर निगाह

रखते। देवी किसी भी रूप में रहे, देवी ही लगती थी। सादे कपड़ों और फीके रंगों में उसका देवी रूप और निखर आता। परंतु देवी महीने में दस दिन ही कॉलेज जा पाती। कभी रत्नाजी की तबीयत बिगड़ जाती, कभी सिसोदिया निवास से बुलावा आ जाता, कभी घर पर अप्रत्याशित मेहमान पहुँच जाते तो कभी देवी के भीतर फैला एकाकीपन उसके पैर आगे बढ़ने से रोक देता।

मधुकर के जाने के पश्चात् से देवयानी जाने क्यों अपराध-बोध से ग्रस्त रहती है। मधुकर तो उसके जीवन में आँधी की तरह आया और तूफान की भाँति चला गया। देवी के जीवन में मधुकर के आने में देवी की अपनी कोई भूमिका नहीं थी और मधुकर के चले जाने में भी देवी की कोई जिम्मेदारी नहीं थी। देवी की जवाबदारी कैसे हो गई? परंतु सब प्रश्न तो देवी तक आकर ही ठहरते हैं, ऐसा क्यों?

पिछले वर्ष से जो घटनाक्रम देवी के जीवन में घटा वह सब देवी को परी कथा-सी लगती है।

पिछले वर्ष बिताया खुशनुमा एक-एक क्षण तेजी से घूमती फिल्म की भाँति उसकी आँखों के सामने गुजरता है। देवी को स्वयं पर विश्वास नहीं हो पाता है कि यह उसी के जीवन की टूटी कड़ियाँ हैं। जब मधुकर रूपी तूफान गुजर गया तो देवी सूखे पत्ते की भाँति एकाकी और अर्थहीन हो धरा पर आ गिरी। देवी को अपना हरा-भरा जीवन एक झटके में उजाड़ बगिया दिखाई देने लगा।

सर्वथा निरपराध देवयानी किस अपराध-भाव से ग्रस्त है? क्यों वह पूर्व की भाँति खिलखिलाकर हँस नहीं सकती है? क्यों नहीं वह जींस पहनकर अपनी सहेलियों के साथ मूवी देखने जा सकती है? क्यों नहीं वह छप्पन-भोग के सामने खड़ी होकर चाट-टिकिया खा सकती है? हलके रंग की साड़ी पहने, सिर ढके किस बोझ को उठाती वह सिर झुकाए है?

□

शनैः-शनैः चौधरी परिवार के सब सदस्यों ने अपनी कर्मस्थली चुन

ली। मैत्रेयी और मंदिरा अपने घर-संसार में व्यस्त हो गईं। रत्ना चौधरी स्वयं को मधुकर की स्मृति से अलग नहीं कर पाईं और अर्धविक्षिप्त से विक्षिप्त-सी हो गईं। चेतना लुप्त होते-होते अर्धचेतन हो गई। अब उनका अधिकतर समय बिस्तर पर ही बीतता था। रणजीत चौधरी अपने पुराने रंग में थे। उनका समय घर से बाहर बीतता था। इन सबके बीच झूलती देवयानी घर की दहलीज पर खड़ी चौधरी परिवार की सदस्य बन पाई और न ही सिसोदिया परिवार की सदस्य रह सकी। यदि वह एम.ए. कर भी ले तो क्या होगा? नौकरी तो वह कर नहीं पाएगी। धन-ऐश्वर्य की देवी के जीवन में कमी नहीं थी, परंतु जीवन सर्वथा शून्य था, दिशाहीन था, अर्थहीन था।

भाग्यश्री एवं रविकांतजी अपनी लाडली बेटी को गेंद की तरह ससुराल में उछलते देख छटपटाते। उच्च समाज की मर्यादित सीमाओं और रणजीत चौधरी के मौन अनुशासन में बँधी उनकी देवी की सूनी माँग दोनों को भीतर तक हिला देती।

भाग्यश्री तो यही कहतीं, "यह लड़की मात्र तीस दिन साथ रहने की गुनहगार है।"

परंतु तीस दिन साथ रहने की इतनी कठोर सजा!

□

मानव अपनी भाग्यलिपि किसी भी भाषा में, किसी भी लेखनी से लिखना चाहे, समय उसे पढ़े या न पढ़े, परंतु विधाता की लिखी भाग्यलिपि अवश्य पढ़ लेता है। आज जब सिसोदिया परिवार पूरी तरह हतबल और निराश हो गया था, देवी के लिए कोई दीप जलता नहीं दिखाई देता था तो रविकांत सिसोदिया और रणजीत चौधरी के मित्र भूतपूर्व आई.ए.एस. श्याम शरण समय का उत्तर बनकर उपस्थित हुए।

दिवाकर शरण आई.ए.एस. श्याम शरण का इकलौता पुत्र था। महानगर में उनकी शानदार कोठी थी। पिछले माह ही उद्योग निदेशक के पद से सेवानिवृत्त हुए थे। अपनी नौकरी में उन्होंने बहुत धन बटोरा, अब चैन का जीवन व्यतीत कर रहे हैं। जीवन में पूर्णता का आभास था। दोनों बेटियों की

शादी हो चुकी थी। नातिन-नाती से भरपूर घर था।

परंतु दिवाकर अट्ठाईस वर्ष पार कर चुका था। विवाह के प्रसंग को सदैव टाल देता था। यही एक कमी श्याम शरणजी को खटकती थी।

दिवाकर था तो श्याम शरणजी का बेटा, परंतु गुण उसमें अपने नानाजी श्री रामबहादुर सक्सेना के आए थे। राम बहादुरजी अपने इलाके के आर्यसमाज के प्रमुख नेता रहे हैं। अपार धन-संपदा होते हुए भी वे उससे अलिप्त रहे। जैसे कमल सरोवर की कीचड़ से अनछुआ रहता वैसे ही राम बहादुर सक्सेनाजी अपने हवेलीनुमा घर में सबसे अनछुए रहते थे। बैठकखाने का एक तख्त उनका डेरा था। उसके साथ लगी अलमारी उनकी तिजोरी थी। उसमें चार जोड़ी धोती-कुरते, दो स्वेटर, दो बंडी और एक दुशाला—यही उनकी संपत्ति थी। उनकी बैठक में विशाल पुस्तकालय था, उससे उन्हें अवश्य लगाव था। दिवाकर जब भी नानाजी के घर जाता, छाया की तरह उनके साथ लगा रहता। उनका सादा जीवन दिवाकर को बहुत लुभाता। प्रातःकाल उठकर संध्या-वंदन कर आर्यसमाज जाना, वहीं से अनाथाश्रम के बच्चों से मिलने जाना, वहाँ की व्यवस्था का निरीक्षण करना। फिर दोपहर के पश्चात् आराम कर शाम को सैर और सत्संग। दिवाकर की नानी दिवाकर को 'संत दिवानंद' के नाम से पुकारतीं।

दिवाकर को भारत सरकार में सर्वव्याप्त नौकरशाही तंत्र और भ्रष्टाचार से प्रारंभ से ही चिढ़ थी। घर के नौकरों की लंबी-चौड़ी फौज पर और सरकारी तंत्र के दुरुपयोग पर दिवाकर प्रायः अपने माता-पिता से तर्क-वितर्क करता। मधुकर, मैत्रेयी, देवयानी और हम भाई-बहन अपने पिता के नाम से जाने जाते रहे हैं। अपने पिता के उच्च पद का हम सबने समय-समय पर पूरा लाभ उठाया है। माता-पिता द्वारा दी गई सीढ़ी पर ऊपर की ओर चढ़ते रहे हैं।

परंतु दिवाकर हम सबसे बिलकुल अलग था। मधुकर और दिवाकर विद्यालय में साथ-साथ पढ़े थे। दिवाकर एक वर्ष सीनियर था। स्कूली शिक्षा के बाद दिवाकर आई.आई.टी., खडगपुर इंजीनियरिंग में पढ़ने चला गया और मधुकर मोती लाल इंजीनियरिंग कॉलेज, इलाहाबाद में। दोनों साथ-साथ

पाँच-छह वर्ष एक ही स्कूल में पढ़े थे, परंतु कभी मित्र नहीं बन पाए। बस दूर से ही हाय-हैलो होती या कभी-कभी बड़ी पार्टी में मिलना हो जाता। जहाँ मधुकर के पास एक कार और मोटरसाइकिल थी, ड्राइवर सुबह कार से मधुकर को स्कूल छोड़ जाता और शाम को ले जाता। वहीं दिवाकर साइकिल से ही स्कूल आता-जाता था।

दिवाकर हमें नसीहत देता, "देखो, मेरे पापा आई.ए.एस. हैं, मैं नहीं।"

वह प्रायः हमें लताड़ता, "तुम सब बात-बात पर अपने पापा की सत्ता और शक्ति का हवाला क्यों देते हो?"

"अपने महँगे शौक पूरे करने के लिए पापा-मम्मी से बार-बार पैसे माँगते तुम लोगों को शर्म नहीं आती?"

दिवाकर को अपने पिता और उनके मित्रों का विलासी, सत्ता-मोह से ग्रस्त जीवन झूठा और बेमानी लगता। अत्यंत मेधावी छात्र होने के बावजूद उसने अपने पिता को जता दिया था कि वह आई.ए.एस. या आई.पी.एस. की प्रतियोगी परीक्षा में नहीं बैठेगा। आई.आई.टी., खडगपुर से सीधे जमशेदपुर चला गया और टेल्को जॉइन कर लिया। घर पर वह साल में एक या दो बार ही आता था। उसकी मित्र-मंडली का दायरा भी पिता की मंडली से बाहर था। जहाँ मधुकर के पहले और बाद में रणजीत सिंह चौधरी का नाम जुड़ा हुआ था, वहीं दिवाकर हमेशा दिवाकर के नाम से ही जाना जाता रहा। हमारे लिए उसका संपूर्ण चरित्र-व्यक्तित्व रहस्यमय ही था। कम बोलनेवाला दिवाकर जब भी बोलता, झूठ पर तीखा प्रहार करता।

□

दिवाकर जमशेदपुर में ही था, जब उसे मधुकर और देवयानी के विवाह की सूचना मिली थी। मम्मी का पत्र पढ़कर वह धीरे से मुसकरा दिया। दिवाकर की मम्मी ने इस विवाह की बड़ी सराहना की। उनकी दृष्टि में यह विवाह एक आदर्श था। परंतु दिवाकर की दृष्टि में यह विवाह एक व्यावसायिक व्यवस्था थी। मधुकर के इस संसार में न रहने का दुःखद समाचार भी दिवाकर को जमशेदपुर में ही मिला था।

इस बार की लखनऊ यात्रा के दौरान देवयानी और सिसोदिया आंटी-अंकल से मिलना था। दिवाकर अपने माता-पिता के साथ देवी से मिलने सिसोदिया निवास पहुँचा। मार्च का महीना लगभग समाप्त हो रहा था, परंतु शाम को हलकी ठंड अभी भी पड़ रही थी। वातावरण धुँधला था।

रविकांतजी ऑफिस से घर आए ही थे। मन को वे कितना ही सामान्य बनाने का प्रयास करें, परंतु देवी को देखते ही सब अस्त-व्यस्त हो जाता।

सिसोदिया आंटी-अंकल से औपचारिक सहानुभूति-प्रदर्शन के पश्चात् देवी का प्रसंग आया।

"अंकल, देवी कैसी है? क्या कर रही है?"

इतने में देवी ने कमरे में प्रवेश किया। दिवाकर उसे देखकर खड़ा-का-खड़ा ही रह गया था।

दो वर्ष पहले जब देवी को देखा था तो मधुकर के साथ उसकी सगाई हुई-हुई थी। फूल-सी देवी की प्रसन्नता की सुगंध संपूर्ण वातावरण में फैल रही थी। परंतु आज देवी को देखा तो ठगा-सा देखता ही रह गया। हलके बैंगनी रंग के सलवार-कुरते में देवी आज भी देवी ही लग रही थी, परंतु प्रसन्न मुद्रा में नहीं, मायूस देवी लग रही थी।

"कैसी हो, देवी?"

"बस ठीक ही हूँ।"

हर संक्षिप्त प्रश्न का संक्षिप्त उत्तर था देवी और दिवाकर के बीच।

लेकिन दिवाकर अपना निर्णय ले चुका था। घर आकर दिवाकर ने पापा-मम्मी को अपना निर्णय सुना दिया, "पापा, मैं देवी से विवाह करना चाहता हूँ। शादी बिना किसी धूमधाम के कोर्ट में होगी। मैं नहीं चाहता कि देवी पुनः पारंपरिक विवाह के दौर से गुजरे। उसके लिए यह सब अत्यंत पीड़ादायक हो सकता है।"

उत्तर प्रदेश प्रशासन और पुलिस विभाग में उतनी चर्चा मधुकर और देवयानी के विवाह की नहीं हुई थी जितनी दिवाकर की इस उद्घोषणा की हुई।

दिवाकर की माँ थोड़ी डगमगाईं अवश्य। उनके इकलौते बेटे का

विवाह और वैदिक संस्कार से न हो? न बरात, न रोशनी, न बाजे-गाजे। परंतु श्याम शरणजी अपने बेटे को अच्छी तरह जानते थे। आदर्शों को अपने जीवन में अपना रहे अपने बेटे पर उन्हें गर्व था।

महीने भर के भीतर ही देवयानी का दिवाकर के साथ कोर्ट में विवाह हो गया। रणजीत चौधरी सदैव की भाँति परिस्थितियों को अपने वश में करने के आदी थे।

''रविकांतजी, देवी की डोली आपके घर से एक बार उठ चुकी है। अब वह हमारे घर से विदा होगी।''

अत्यंत सादे समारोह में देवी अपने पूर्व सास-ससुर के पैर छूकर दिवाकर के साथ एक नवीन प्रशस्त-पथ पर चली गई।

□

मेरे लिए यह समाचार सावन की फुहार की भाँति सुखद था। अब देवी हम सबकी तरह खिलखिला सकती है, मुसकरा सकती है।

मम्मी ने सूचना देते हुए यही कहा, ''बेटा, ईश्वर का विधान हमारे विधान से, हमारी सोच से ऊपर है। किसने सोचा था कि देवी का भावी जीवन इतनी सहजता से सँवर जाएगा। भाग्यश्रीजी के तो हर्ष के आँसू ही नहीं रुकते हैं। वे इसे ईश्वर का प्रसाद ही मानती हैं। ईश्वर ने इस परिवार को बहुत रुलाया है। बस, अब सब ठीक-ठाक रहे।''

''कैसी दिखती है देवी अब?''

''देवी ने राजपूताना पहनावा बदल दिया है। कायस्थ परिवार की परंपराओं को पूरी तरह अपना लिया है। बड़ी सी लाल बिंदी, माँग भरी हुई और अब साड़ी ही पहनती है।''

□

देवी के विवाह को एक वर्ष हो चुका है। के.जी.एम.सी. अस्पताल के समाचार की प्रतीक्षा है। भाग्यश्रीजी और दिवाकर की मम्मी भी देवी के साथ अस्पताल में हैं। देवी का सुखद समाचार किसी भी क्षण आ सकता है।

देवी और दिवाकर के बेटे के जन्म का समाचार चौधरी के गौतम

पल्ली निवास पर पहुँचा। देवी के बेटे के जन्म का समाचार जब रत्नाजी ने सुना तो वे चैतन्य हुईं। प्रसन्नता से उठकर बैठ गईं। उनके बुझे जीवन में स्फूर्ति आ गई। तुरंत ड्राइवर को कार निकालने का आदेश दिया।

बाजार से बच्चे के लिए सोने की चेन, कड़े, चाँदी के बरतन, कपड़े, ढेर सारे खिलौने, देवी के लिए सेट, साड़ी और फल-मिठाई लेकर आईं। घर पर सब सामान इस तरह सजा रही थीं, मानो मधुकर को गोदी में लेकर तैयार कर रही हों।

पापा-मम्मी ने हमें फोन पर सब समाचार दिए।

''तो रणजीत चौधरी और रत्ना आंटी के क्या समाचार हैं ?''

हम रणजीत चौधरी को 'अंकल' कहकर संबोधित नहीं कर पाए।

''बेटा, सुना है, देवी के बेटे के जन्म पर दोनों अस्पताल में उन्हें देखने गए। साथ में ढेरों उपहार-सामान साथ ले गए। बहुत देर तक दोनों उस शिशु को सीने से चिपकाए बैठे रहे। उसके पश्चात् घर आकर दोनों बहुत रोए।''

''श्याम शरणजी के परिवार को रणजीत चौधरी का हस्तक्षेप कैसा लग रहा है ?''

''दिवाकर को तो रणजीत चौधरी कभी पसंद नहीं थे। उसे बिलकुल ठीक नहीं लगता कि रणजीत चौधरी इस प्रकार उसके जीवन में आते रहें।''

पापा की राय भी स्पष्ट थी, ''बेटा, रणजीत सिंह चौधरी और रत्नाजी को ईश्वर के निर्णय को स्वीकार कर लेना चाहिए। देवी और दिवाकर के जीवन में नहीं आना चाहिए। देवी के जीवन में खुशी के क्षण बहुत कठिनाई से आए हैं।''

इस प्रकार धीरे-धीरे देवी रत्नाजी और रणजीत चौधरी के जीवन से दूर होती चली गई।

देवी के बेटे को देखकर आने के बाद तो रत्नाजी को मधुकर का बचपन अपने आँगन में दौड़ता नजर आया। परंतु शीघ्र ही उनका भ्रम टूट गया। वह तो देवी और दिवाकर का बेटा है, मधुकर और देवी का नहीं। सत्य को इस निर्दयी आत्मसात् ने रत्नाजी की चेतना पर गहरा आघात किया और

लगभग संज्ञाहीन हो गईं। उसके बाद तो रत्नाजी एक-दो बार ही होश में आई होंगी। अब मधुकर के विछोह की पीड़ा असहनीय हो गई थी।

कुछ समय बाद उत्तर प्रदेश पुलिस विभाग को रणजीत सिंह चौधरी से निवृत्ति मिली। दस वर्ष तक आई.जी. एवं डी.आई.जी. पद पर रहकर और उसके बाद निदेशक भ्रष्टाचार उन्मूलन विभाग के पद पर चार वर्ष रहकर चौधरी साहब ने दोनों हाथों से वैभव समेटा और चारों हाथों से सत्ता का दुरुपयोग किया।

पापा के शब्दों में, ''बेटा! सत्ता, धन, लोभ, अनाचार, दुराचार और भ्रष्टाचार का जितना नग्न नाच रणजीत सिंह चौधरी के कार्यकाल में हुआ उतना प्रशासन के इतिहास में कभी नहीं हुआ।''

इसीलिए चौधरी साहब के विदाई समारोह में बहुत कम लोग आए थे। जाते-जाते रणजीत चौधरी हर उस अधिकारी को चार्जशीट थमा गए थे, जो उन्हें खुश नहीं रख पाए थे। इसमें हमारे पापा सत्येंद्र शर्मा का भी नाम था।

अब लखनऊ का एकाकीपन चौधरी साहब को खलने लगा था। रत्नाजी को पूरे समय नर्स की आवश्यकता होती थी।

कहते हैं कि जानवर का बच्चा एक बार घर से बाहर गया तो पुनः लौटकर नहीं आता है। मानव का बच्चा ही है जो बार-बार अपने घर लौटता है; परंतु आता है अपनी इच्छा से, अपनी सुविधा से।

पंछी नीड़ छोड़कर विस्तृत गगन में उड़े तो पता नहीं कितनी लंबी उड़ान भरता है। शेर का बच्चा अपनी माँद छोड़कर बाहर निकला तो लौटता नहीं। परंतु मनुष्य का बच्चा अपने घर में स्थायी मेहमान होता है। आता है अपनी इच्छा से, जाता है अपनी इच्छा से। इसी प्रकार मैत्रेयी और मंदिरा अपनी सुविधानुसार आती-जाती रहीं।

रत्नाजी जिसकी बाट जोह रही थीं, अब वह आनेवाला नहीं था। देवी दिवाकर के बेटे को लेकर उनके भौतिक और मानसिक जीवन से निकल ही चुकी थी। देवी का बेटा उनका नहीं था। उनका बेटा तो मधुकर ही था और उसकी प्रतीक्षा करने का अधिकार तो उन्हें था ही।

जब रणजीत चौधरी का लखनऊ में रहना असंभव हो गया तो वह परिवार से सहायता लेने बुलंदशहर चले गए। कुछ समय पश्चात् रत्नाजी ने इस संसार से विदा ली। मधुकर के जाने के ठीक छह वर्ष बाद अभी-अभी समाचार मिला है कि रणजीत चौधरी भी इस दुनिया में नहीं रहे।

दादीजी का गाया भजन कानों में गूँज रहा है—

"जैसा जिसने कर्म किया,
वो वैसा ही फल पाता है।"

□□□